文芸社セレクション

月がある

木塩　鴨人

KISHIO Kamoto

文芸社

目次

月がある

子供の頃から、僕は、ずっと寂しかった。

友達が欲しかったけれど、友達の作り方がわからなかった。他人《ひと》と、どう話したらいいのかわからなかった。

以来、ずっと、知り合った人との距離の縮め方がわからない。今もそう。あなたには親しい友人はいるの、と訊かれたら、きっと僕は答えられない。

友人って、何だろう。

自分には親友と呼べる人が六人くらいいる、とか言う人もいる。そんな言葉を聞くと、僕は驚いてしまう。

親友って、そんなに何人もいるものなの？　本当に心が通じると思える人が、たくさん？　たった一人のそんな人が容易には見つけられない僕には、不思議で仕方がない。いったい、そんな風に他人と繋がることは、どうしたら出来るのだろう。心から信じられる友人が何人も。

僕は単純に、そんな人を羨ましく思う。

そのくせ、同時に、そういう人を、能天気な頭の軽い人間のようにも感じる。

嘘つけ。そんなの、本当に親友と呼べる相手か？　そう思う。

本当に嫌な人間だ。

満たされている人は、特定の誰かを欲しがらない。ただそれだけのことかもしれないのに。ずっと自分が駄目で、いろいろとうまくいかなくて、それで心の底から拗ねてしまっているだけなのかもしれないのに。

でも、僕の心にはずっとどうしようもない寂しさが巣くっている。仕事から帰った一人の部屋で、うなだれて溜息をつき、しばらく立ち上がれないでいたりする。子供の頃からずっと抱えている心の冷たさが背中の真ん中にしがみついていて、僕の心を凍らせる。涙が浮き出て流れ落ちることもある。いい歳をして、みっともない。

こんな情けない奴、そういるもんじゃないだろうな。もう大学も出て、立派な大人なんだ。なんなら、教壇に立って、先生と呼ばれている人間なのに。

でも、子供も大人も、実は中身は大して変わらない。あの頃から十歳も年を重ねて、はっきりと実感するのはそのことだ。


始まりは、いつだろう。

寂しさって、持って生まれてくるものなんだろうかな。それとも、育つうちに重ね上げられて根を下ろすものなのだろうか。

どちらもあるような気がする。どうしたらあんな心の腐った嫌な奴になるんだろうと思う人間も、どうしたらあんなに冷酷で暴力的にふるまえるのだろうと思う奴も、何かのせいで、環境のせいでそうなっただけではないんじゃないかと思う。

その逆も。

ほれぼれするほど気持ちのいい奴もいる。なんでこんな人が生まれるのだろうかと思うような人。育ちの良い家の子供がみんなそうなるわけでもない。きっと、先天的に身に付けているものと、後天的に身に付けられるものがある。そんな気がする。でも、そのどちらもなかった僕は、もう絶望的にどうしようもなかった。

明るくて、可愛くて、あるいはかっこよくて、みんなに愛されて、人気者で、そんな子を見ると、そのそばに行きたかったけれど、近寄ることも僕には不似合いな気がしていた。それで僕は、本に逃げ込んだ。ただひたすら読んだ。どこに行くにも必ず本を持って、本さえあればどこでも何時間でも過ごせた。本は僕をいじめなかったし、冷たい目で僕を見なかったし、僕の信頼を裏切らず、そして、いつも正義を語った。正義はいつも勝つとは限らなかったけれど、でも、それはいつも美しかった。誰にも評価されなくても、正義はいつも透明で、汚れていなくって、だから、本は絶対に僕を傷つけなかった。僕は、安心してその洞穴の中に逃げ込んでいられた。

小学校の頃、クラスで、というより学年で有名な吉田という女の子がいた。吉田じゅんこ。じゅんこが、どんな字を書くのかは覚えていない。もともと知りもしなかったのだと思う。みんな彼女のことを「ヨッタズンコさん」と呼んでいた。多分、何かの障害があったのかもしれない。日常生活が普通に送れない子だった。一度、教室の掃除の時に、彼女の机を運んでいた子が躓き、勢いで机を放り出すようにして倒してしまったことがあった。中にあったノートやら、ごちゃごちゃになったプリント類と共に、全面にカビが生えて緑色の塊になった食パンが出てきた。みんな飛びのいた。そして叫んだ。

「うへぇ〜。ズンコさんやぁ〜。」

でも、みんなそんなに驚いてはいなかった。ヨッタズンコさんは、既に僕たちの生活の域にはおらず、何だか、妖怪みたいな感じで、変な人、というより、薄汚いもの、として認識されていたように思う。近寄るのも嫌だ。近寄ると移る。そんな風に扱われていた。

でも、僕はどうだったのだろう。

僕が頻繁に風呂に入るようになったのは、小学校を卒業する少し前からだった。歯を磨くようになったのは、高校に入ったくらいからだったと思う。それまでうちには歯ブラシなど、一本もなかった。そんな家があるのかと驚く人もいるだろうけれど、そうだった。父親も母親も歯を磨くことなんてなかったし、母親の前歯はみんな根元から腐ったような緑色をしていて、半分溶けたような状態になっていた。ずっと後になってから気づいたんだけれど、およそ普通の家に普通にある生活習慣というものが、僕の家にはなかった。僕は小学生の時に、父と母に羽交い締めにされて風呂場まで運ばれ、無理やり頭を洗われたことがあったのを覚えている。その時に父は、僕の頭に指を突っ込み無茶苦茶にかきむしりながら、「うじが湧くぞ。」と言っていたのを覚えている。あの二人が見かねたくらいだから、よほどのことだったのだろう。でも、僕には、身を清潔に保たなければならないという概念は欠片もなかった。顔を洗う習慣もなかった。どうしてそうなってしまったんだろう。というか、教えられなければ、そうなるんだろう。誰だって、きっと。

僕は、みんなに嫌われていた。

父親がそれまでの仕事を辞めて転職するとともに、うちは引っ越しをした。といっても、同じ町の隣の学校だ。校区というのがあり、それは絶対で、僕が新しく住むことになった家は、前の学校のそれを二百メートルほどだけ飛び出していた。けれども、それは僕にはとても悲しい二百メートルになった。

学校が変わるなんて初めてのことだった。それまでにあったすべての関わりがなくなって、ゼロから始めなくてはならない。それが怖かった。同じ町の隣の小学校というのは、近くにありながら不可侵の別世界で、そこには別の文化があり、子供たちの集団もとても閉鎖的で、他国の者など受け入れてはもらえないように感じていた。僕だけではない、すべての子供たちがそうだったと思う。そんなはずはないのに、小さな地域ごとに、住む人たちの性質が全然異なっているくらいに感じていた。それは互いに反目しているというより、水と油のように、混じり合うわけがないものだという感覚だった。だから、たまに自転車で違う校区に踏み込んで、その地の小学校の子供たちと遭遇することがあっても、その姿を見ると、互いがなるべく近寄らないようにしていた。まるで、言葉の通じない別の国の人を見るみたいな気がしていた。

だから、学校が変わることは怖かった。

転校した先で、僕はどうふるまったらいいのだろうかと戸惑っていた。当時から僕は、人間が苦手だったのかもしれない。話しかけられても、どう返したらいいのかわからなかった。ただ普通に返事をしていればよかったのだろうに、その普通が、僕にはどうしてもわからなかった。好かれなくてはならないのだろう。でも初めて会う者ばかりに囲まれて、僕は人に好かれる方法というのがわからなかった。それで、ただ、うへへ、うへへと薄笑いをしていた。馬鹿だったのだと思う。滑稽なふるまいをすれば、愛らしい奴とでも思ってもらえるように思ったのかもしれない。僕にはその程度の知恵しか浮かばなかった。でも、それがよほど変だったのだろう、僕にはすぐに

「変態」というあだ名がつけられて、そうなるともうすべての子供から、どうしようもなく軽んじられ始めた。四年生の九月のことだった。

それまでの僕がどのように暮らしていたのかは、まったく記憶がない。前の小学校では、仲良くしていた子が何人かいて、家が随分離れていた子とも、お互いに行き来して遊んでいた記憶がある。だから、それまでは、至極平和な日常を生きていたのだと思う。僕も相手もあまりに幼くて、いろんなことにあまり頓着せずに、だから、ただ無邪気に遊んでいられたのかもしれない。

ああ、でも、無邪気、だったんだろうか。


僕の母が、僕を捨て父を捨てて、別の男と姿を消したのは、僕が小学校の二年生の時だった。僕は、ある夜、父と、母が働いていたバーのママである女性と、同じ車の中にいて、車の中から目の前のアパートの二階の、灯りがともる窓を見上げ、ママさんが父に言う、「あんたのために探すんじゃないからね。この子のために探すんやからね。」という言葉を聞いていたことを覚えている。その晩、その後に何があったのかは、まったく覚えていない。ただ、「僕のために母は見つけられるのだ」ということだけが、子供の僕の心に何かを感じさせていた。せっかく逃げ出したのに、どこまでも付いてくる糸をたぐられてしまう。何かそんなことを思っていたのかもしれない。

　僕は、三人で見上げるその部屋に、母が誰か男の人と共にいることは理解していた。でも、それが何を意味するのかは、多分わかっていなかったと思う。ただ、毎夜のように暴力を振るわれていた母がここことは別のどこかに行きたいと行動するのは、生き物として当然で、それには何の不思議もないし、当たり前のことのように感じていたのではないかと思う。それは思考ではなくて、生物の本能みたいなもので。だからか、僕は、母がいなくなって寂しいと感じていた覚えがない。かえって、とうとう居なくなったか、当たり前だよなというくらいに思っていたように思う。戻ってきて欲しいと切実に思った覚えもない。

　けれども母は見つけられてしまって、別の男と暮らす部屋を見つけられた母とその場に乗り込んだ父との間では、その時、多分、相当な修羅場があったのだと思う。僕はそれを見ていなかったのか、記憶の外に追い出しているだけなのかはわからない。何にせよ、その後、母は戻ってきた。戻ったその日に、僕は何か言わなくてはいけない気がして、「もうどこにも行かんといてね。」と母に言った。本当はそんなことを思ってはいなかったけれど、テレビのドラマなどの記憶から、僕は、そこは何かそんなことを言わなくてはならない場面のように感じていた。そんな気持ちを、今も不思議なくらいにはっきりと覚えている。母親は子供を捨てないものだなんていう概念は、欠片もなかった。捨てないで欲しいという思いもなかった。ただ生き物として、そりゃ逃げ出すよなと、とても自然なこととして受け止めていたように思う。だから、もう二度とどこにも行かない、なんてことは望めないことを僕はよく理解していた。

　その時、母は僕を痛いくらいに抱きしめた。いや、くらい、じゃない。本当に痛かった。でも、そうされながら、僕は、なんか本当にドラマみたいだなとだけ思っていた。そして、嬉しくも悲しくもなかった。何かそれらしいことを言わなくてはならないと思って、ドラマを真似て口にしただけの台詞を、母は真に受けているんだろうか。それとも、彼女は彼女でまた、ドラマの登場人物を演じているんだろうか。子供の僕よりも真に迫って。子供の僕よりも、平気で嘘を演じて。だって、この人はいったん僕を捨てたんだから。

　ああ、人間なんて、こんなものか。そんな風に感じていたんだと思う。そういう言葉に置き換える力を、その時の僕はまだ持たなかったけれど、僕が感じていたのはそういうことだったように思う。

　だから、七歳の僕は、母が姿を消したことを悲しいとすら感じられていなかった。ああ、いないのか。そうか、いなくなったのか。ふうん。その程度だったように思う。毎日のように父に殴られ蹴飛ばされていた母を見ていたし、体に火のついたタバコを押し付けられて母が上げた悲鳴もしょっちゅう聞いていた。だから、彼女がどこかに逃げだすのも当然だし、それは仕方のないことだった。誰かが誰かを愛するとか、愛される、という言葉のない家だった。ただ、それでも、自分がやはり物のように簡単に捨てられたことは感じていた。捨てたくせに、弁解のように力を込めて抱きしめても、この人はまたいなくなるのだろうな、痛いほどに僕を抱きしめる力を信じちゃいけないよなと、僕は感じていたように思う。

僕の寂しさは、生まれついてのものだったのだろうか。そういう過程の中で作られたものだったのだろうか。わからない。同じ経緯をたどっても、母が戻ってきたことを心から喜び、もっと素直に母に甘えられる人もいるんじゃないかと思うんだ。

でも、何でかな。僕は違った。

その頃から、僕はよく周囲の大人から、子供らしくないと言われていた覚えがある。ほら、ちょうど今、こんなお菓子があるからお食べ。そんな風に言ってもらえても、必ずまず最初に断った。子供らしくないなぁ、こんな時にはありがとうって言って、黙ってもらっておいたらいいんだよ。よくそう言われた。なんでそんなことを覚えてるんだろう。自分は普通じゃないのかな。なんで普通にふるまえないんだろう。漠然とそんなことを感じて戸惑っていたからなのかもしれない。多分、僕はいつも何かを警戒していて、大人に素直に甘える方法がわからなかったのだと思う。離れていた方が安全だと、どこかでそんなことを思っていたのかもしれない。ただ、その頃は、そんなに多くはなかったろうけれど、一緒に遊ぶ子はいくらかいたし、まだ、一人きりでいることを辛いと感じた記憶もなく、寂しさに背を丸めていたような場面や、他にどんなことでも、特段覚えていることはない。

ああ、そう、他に、最初の小学校時代のことでもう一つ、覚えていることがある。それは、国語の時間に「手ぶくろを買いに」という物語の朗読に指名されて、心を込めて読んだら、担任の先生から、えらく褒められたということだ。これも確か、二年生の時だ。よほど嬉しかったのかな。その担任の男の先生が、白木という名前だったことまで覚えている。他の先生のことは、見事なくらいに何も覚えていないというのに。

今そのことを思い出すと、僕の心はやっぱり、まだ痺れ切って何も感じなくなっていたわけではなかったのだなと感じる。だからと言って笑っていた自分の記憶も、どこにもないのだけれど。

その後、その作品の作者の新美南吉という名前は、大人になるまでずっと僕の心に残り続けた。それは、珍しく人に褒められたことが嬉しかったこともあるけれど、その物語の、人を信じられない母狐と、疑うことを知らない子狐の姿が、共に僕の心に語り掛けるものがあったからなのかも知れない。後に僕が読書にのめり込むのも、優しい級友に心惹かれるのも、この子狐の姿を追い求めていたのかもしれないし、母狐が最後に述べる、「にんげんは、良いものなのかしら。」という言葉に救いを感じていたからなのかもしれない。

いずれにしても、その温かな童話をめぐるささやかな思い出が、二つの学校で過ごした僕の六年間の小学生時代の、唯一平和な記憶だ。


転校してすぐに屈辱的なあだ名を与えられた僕は、どんどん体重が増えて行った。それはすごい太り方だった。数か月おきに、一回り大きなサイズのズボンに買い替えた。僕の名前は野村というから、僕はそのうち、クラスの男子からは「のむブー」と呼ばれるようになった。おい、のむブー。それ、のむブーにやらせたらいいやん。そんな感じだ。僕は野村優斗というのだが、もう誰も、僕を優ちゃんとか野村君と呼ばなくなった。そして、僕はそのうち、絵に描いたようないじめに遭うようになった。蔑まれて、からかわれて、他の子たちの気晴らしのおもちゃのように扱われるようになった。そして、のむブーというその呼び名が、まるで僕を人間以下のもののように扱うための許可証であるかのように感じられて、僕はそれが嫌で嫌で仕方がなかった。

五年生になってすぐくらいの時に、一度、同じ学年の三つのクラスが合同で行う集会があった。みんなで短い何かの映画を見た。前後の経緯からして、人権学習か何かの時間だったのだろうと思う。でも、その内容は何も覚えていない。そしてただ、その後に起こったことだけを鮮明に覚えている。

集会の終わりに、前に立った先生が、

「みんなは気にせずに使っているけれど、その子は実は言われるととても嫌なあだ名とかがあるかもしれません。もし、この中にそういう人がいたら、遠慮しないで、今、この場で立ち上がって下さい。みんなは、その人のことをあだ名で呼ぶのを、今日からやめましょう。」

と言った。

僕はすごく嬉しかった。これで、毎日屈辱的な名前で呼ばれることから解放されるようになる。救いの手が差し伸べられた。

僕は迷わず立ち上がった。他に同じように立った子の姿も何人かあった。

「はい。ではみんな、もう、この人たちのことをあだ名で呼ぶのはやめましょう。人の心が傷つくようなことは、やめようね。そして、今までごめんねって、言ってあげましょう。」

先生がもう一度そう念を押して、集会は終わった。生徒たちはちりぢりにクラスに戻った。

けれども、教室に戻るまでもなく、廊下を歩くうちに、

「なぁ、じゃぁ、何て呼んだらいいの。野村君?」

「野村君、かぁ?」

殊更に僕の耳に口を寄せたり、体をぶつけてきたりして、何人もがからかうようにそう尋ねた。言った後に、へ、へ、へ、へ、と、とてもいやらしい笑い方をする者もいた。

何も変わらなかった。

翌日からも、僕はのむブーと呼ばれ、先生もそれを咎めることはなかった。じゃ、あの集会、あの言葉、あれは何だったんだろう。

三クラス、百人ほどの生徒が三角座りする中、晒し者のように立ち上がった自分が、いよいよ惨めに感じられた。

けれど、まぁそうだろう、そんなものさと、僕はただ受け止めていた。諦めることが、普通のことになっていたのだと思う。誰にも好かれないし、友達はいないし、望んでも何も得られないし、家に帰っても安らぎはなかった。母は相変わらず殴られ、蹴飛ばされていた。

学校からの帰り、一人で歩きながら、僕はよく呟いた。仕方がないさ、あの親の子だもん。親がクズだから。その子供の自分もクズなんだ。クズだから、誰にも好かれないんだ。仕方がないんだ。何か理屈を立てて語っていると、自分がドラマの主人公になったような気がしたのかもしれない。自分を悲劇的な人間に見立ててそれに酔おうとすれば、自分が置かれている状況を背負わなくても済むように感じたのかもしれない。

けれども、誰もいない家の玄関を入ると、靴を脱ぐ前に、僕はその場に頽れて、声を上げてよく泣いた。涙が止まらなかった。寂しいのか悔しいのか悲しいのか辛いのか、よくわからなかった。ただ、苦しかった。何もかもから、抜け出せる気がしなかった。

その頃にはもう、僕が廊下を歩くと、僕の姿を見つけた違うクラスの女子が、音を立てて教室のドアを閉めるようになっていた。僕がトイレに向かって進むだけで、自動ドアのように、面白いように目の前のドアが音を立てて閉じられていく。三つの教室の六枚のドアが、ダーンダーンと。

そんなの、話しても誰も信じないだろうな。そんな漫画みたいな、作り物めいた場面など、実際に起こるはずがない。そう思うだろう。

でも、女の子たちは、そんな時、まるで固い結束のルールを共有したみたいに、揃って同じ行動を取った。

「やばい。あいつが来る。」

僕には、ドアを閉める音の激しさを彼女たちが競って楽しんでいるようにすら感じられた。僕をいじめる快感を、心から楽しんでいるように思われた。そうして、女の子たちの残酷さは、僕の心をぐいぐいとえぐっていった。

教室に座っていても、休み時間のたびに、誰かが僕の頭を何かで叩いた。後ろから、あるいは横を通り過ぎ際に。何かそうしないといけない了解があるみたいに、ポンポンと、僕の頭は常に誰かに叩かれ続けた。時には、思い切り力を込めて、ドリル帳か何かを丸めたもので。そうするとひと際大きな良い音がして、周囲の者たちは一斉に大きな声で笑った。そんな遊びが、一時期流行った。野村の頭を、意味もなく叩く遊び。流行りが過ぎるといくらか収まったが、それでもたまに思い出したように、断続的に繰り返された。暇つぶしの息抜きの手段の一つとして、定着したようだった。鬼ごっこをするように、ドッチボールをするように、他の遊びに飽きたら、気晴らしに、多くの者がこの遊びを思い出した。

地獄だなぁ、と僕は心で呟いていた。ただ机の上を見ながら、声も出さずにそう呟いていた。すると、両目に涙が溢れてきた。いっぱいに溜まって、ぽたりと机上に落ちた。それでも誰も、声をかけてくる者はいなかった。周りにいる女子たちは、そんな僕を、汚いものを見るように眺めて、互いに嫌な顔をして、ひそひそと何かを話した。閉じられるドア、それに今のこの嘲笑。女の子は優しい心を持つなんて、嘘だと僕は思った。それから、いや、優しいはずの女子にすら、こんな風に扱われるのが僕なのだと思ったりもした。

それから僕は、人が見ている場所ではなるべく泣かないように頑張った。涙が落ちると、耐えきれなくなって、声を上げて泣いてしまうようで怖かった。そうしたら余計に滑稽で、また笑われる。涙はこぼしてはいけない。そう思った。

僕を毛嫌いする女の子の中でも、特に、僕の顔を見るのも声を聞くのも嫌で耐えられないという風な子がいた。それは、あからさまに「うげっ」と声を出して、吐き気がすると示してみせる子だった。それは、意地の悪い嫌がらせではなく、本当に僕を見るだけで吐き気を催すようだった。

僕は、何もそんなにしなくても、とは思ったが、それが彼女の生理現象ならば仕方がないと思っていた。だから、彼女を憎むことも恨むこともなかった。ただ、彼女が怖かった。自分が存在するだけで人をそんな気分にさせてしまう自分が、情けなかった。

彼女は長井さんといった。お父さんは、どこかの中学の音楽の先生で、有名な人のようだった。そして彼女は、当たり前のように文化祭の合唱コンクールではピアノ伴奏を務め、女子の学級委員もしていた。

体育の時間にはフォークダンスがあった。男女が手を繋いで踊るもので、輪になって、順々にずれながら相手を変えていくのだった。彼女の順番が僕に近づくと、周囲の者たちが僕と彼女に注目してくすくすと笑っていた。番が回ってくると、当たり前のように彼女は僕とは手を繋がずに、一メートル近くも離れて、腕の形だけを架空の相手と繋ぐように格好をつけて宙に浮かせた。僕もまた、気を利かせて更に数十センチ離れた。迷惑をかけている僕なりの誠意だった。先生たちはこのおかしな状況に気付いていないわけがなかったろうけれど、何も言わないでいた。

のちに中学に進んでから、別の小学校から来た者たちが、「長井さんは何でそんなに野村を嫌ってたんだ。」と不思議がって、本人に尋ねたことがあった。そうしたら、彼女は、

「だって、あの人、臭かったし。」

と答えたという。

尋ねた者は、その答えを聞いて半信半疑なようだった。どういうことかわからない、という素振りでそれを僕に教えた。

でも、僕にはわかった。あの頃、僕はわかっていなかったのだけれど、確かに僕は臭かったんだ。風呂にも入らず、嫌な臭いをさせていたに違いない。ドアが次々に閉じられていたのも頷けた。けれども、僕は家でその臭いを叱られたことはなかったんだ。どうやって気づけばよかったんだ。

僕はそれを聞かされて、ただ黙っていた。教えてくれた相手は、驚きもしないでい

る僕を不思議に感じたようだった。

「どういうことなん？」

と、彼は僕にストレートにそう訊いた。

「臭かったんだと思う。本当に。」

僕も、素直にそう答えた。ごまかしたって仕方がない。弁解すれば、彼女が嘘つきだということになる。でも、多分、彼女は嘘などついていない。あの頃から一度も。ただ正直だっただけだ。

長井さんは、小学校ではとてもきらきらした女の子に見えたのに、中学に入ると、ただの地味な子に変わってしまっていて、目も表情も前みたいに生き生きしてはいなくなったし、学級委員に選ばれることもなくなっていた。その彼女が、小学校時代、僕を特にひどく嫌い、汚いもののように扱っていたことが、クラスの男子たちに噂として伝わっていた。ヒロインの座から滑り落ちたみたいな感じの彼女が、「あの子、臭かった」という辛らつな言葉を口にすることで、あまり彼女を知りもしない人から、まるで意地悪な魔女みたいな印象を持たれてしまうのが、僕にはとても気の毒に思えた。彼女は、何も悪くなかったんだから。

「え、どういうこと。」

重ねて訊いてくる彼に、僕は、それ以上は何も言えなかった。

でも、その報告は、僕にはありがたかった。それで、

「そうか、僕は、臭かったんだ。」

と、僕はまた一つ、僕自身についての知識を得ることが出来た。

でも、僕はそれでまた一つ、とても惨めな気分になった。

僕が本を読むようになったのは、そうして僕を極端に嫌う長井さんの態度も普通に市民権を得ていた、僕が学校の中で本当にどこにも居場所がなくなった五年生の夏前だった。教室に一人でいても、そっとしておいてはくれないし、かといって人のいる場所ならどこに行っても同じことだった。でも、小学校の校舎内というのは、どこも誰かがいるのだったし、外に出ても座る場所もなく、体育館の裏の階段などにいれば、逆に人目につかなさ過ぎて、嫌な集団に見つかった時が怖かった。気晴らしに僕を取り囲んでいじめて遊ぶ二、三人のグループはいくつもあったし、そのうちの誰かが、何かの本で読んだ、相手の腕のひねり方みたいなものを練習するには、僕は一番都合がよかった。少々やり過ぎても、僕が相手なら構わない。誰も見ていない場所では、そういう行為は更にエスカレートすることも、僕は経験から学んでいた。

そうして人のいない場所を探して逃げるようにあちこちを渡り歩いていた昼休み、僕は別棟の二階の端っこにある図書館の前を通りかかった。ちょうど僕がそこに行き

着いた時に、入り口を開けて中から出てきた子がいて、その一瞬開け放たれたドアの向こうに、誰もいない、ただ本棚だけが並ぶ空間が見えた。

年に二度ほど、授業や読書案内で図書館を利用することはあったが、それがどんなシステムで機能しているのかを、僕は知らなかった。説明は聞いていたけれど、図書館などはどうせ人が集まる場所なのだし、僕などが入って行ったら、そこにいるみんなは嫌な顔をするのだろうと思っていたので、そんな自分に縁のない場所の説明など、真面目に聞いていても仕方がなかった。

けれども、この時に垣間見たその空間には、人の姿が見えなかった。

僕は、恐る恐るドアを開けてみた。中は無人ではなかった。三人ほど、僕の知らない子がいた。一人は一人で部屋の端に座り、後の二人は一緒に書棚を眺めて話していた。僕にはそれが同じ学年の子なのか違う学年の子なのか、判断もつかなかったが、三人とも、少なくとも僕を見て不快な顔をすることはなく、初めにこちらを一瞥すると、すぐに自分たちの手元に視線を戻した。

誰も攻撃してこない。

僕はほっとした。どうせ長続きはしないだろうけれど、取り敢えず今、ここにいれば、クラスの連中は誰も僕がここにいると気づかない。

三人からなるべく離れた席に座ってみた。僕を蹴飛ばしにくる奴はいなかった。当たり前なのだけれど、そうしたことを一つ一つ実感していかないと、怖かった。ここはお前のいるべきところではないと責められそうなら、すぐに駆け出してここから出て行ってあげないといけない。僕には、他の子と同じ場所にいることは許されていないのだから。

そんなこと、悔しかったけれど、逆らったり疑問に思ったりするよりは、それをただ納得して受け入れている方が自分が傷つかないでいられた。なんでこんな目に遭わなくてはならないのかと頭に思い浮かべたら、涙が出てくる。誰かに蹴飛ばされたら、それは失せろという合図だ。それでもここに居座るなら、それを続けるという予告だ。僕は痛い思いをする前に逃げなくちゃいけない。心も体も、痛いのは少しでも減らしたい。なくせないけれど。それが僕の自然な感情だった。

でも、このとき、時は何事もなく過ぎて行った。

ここでは僕は守られている、そんな気がした。

それだって、今、この部屋のドアが開けられて、偶然にでもクラスの誰かが入ってきたら、それでお終いになってしまうのだけれど。それにはいつも身構えていたけれど、でも、その時、図書館の空間は、僕に優しかった。

僕は立ち上がって、本棚の方へ歩いた。立っていた二人からはなるべく離れた列に入って行った。そこには、「物語・小説」と札が付けられていた。

　背表紙に、ホームズ、とか、ルパン、という名前が見えた。ルパンはもちろん知っていた。ルパン三世の方だったけれど。ホームズというのも、聞き覚えはあった。本を手に取って、ぱらぱらとめくってみた。当たり前だけれど、登場人物がみんなカタカナの名前だった。僕は、何だかそれだけで縁遠いような気がした。親しみがわかなかった。その横に、怪人二十面相シリーズ、というのがあった。開いてみた。登場人物は、みんな日本人だった。ところどころを拾って読んでみた。とても読みやすい、優しい言葉で書かれていた。童話でもないのに、終始、ですます調で書かれていた。言葉の一つ一つが、いたわりのある美しい日本語で紡がれているように感じた。少なくとも、人を傷つける激しい言葉はどこにもなかった。

　僕は多分、そのことに惹かれたのだと思う。教室でも家でも、こんな穏やかな言葉は、僕の周りになかった。

　主人公は明智小五郎という探偵だった。

探偵、……かぁ。よくわからなかった。

　わからないけれど、拾い読みして、解説を読んでみて、などしていると、それは、腕力ではなく知恵で悪を倒す人のようだった。そして助手には、優しくて頭のいい小林少年というのがいるようだった。少年探偵団、そんな言葉も目に入った。

読んでみたくなった。生まれて初めてのことだった。漫画以外のもの、そんなに分厚い本に惹かれるなんて。図書館で本を借りようと思うなんて。僕はそれまで、考えたこともなかった。

予鈴のチャイムが鳴るまで、僕はその本をそこで立ち読みしていた。座席に戻ることはしなかった。せっかく楽しい時を手に入れたのに、誰かが入ってきて僕を見つけて、僕はどこかに逃げないといけないなんて、嫌だった。

チャイムが鳴ると、カウンターの奥の部屋から女の先生が出てきて、「もう戻りなさいよ。」と言った。僕は慌てて本を棚に返した。借りることはしなかった。放課後にもう一度来て、その時に、なるべく素早く借りて帰ろうと思っていた。今、この本をもって教室に戻ったら、また何をされるかわからないと思っていた。いや、間違いなく、誰かが僕からこの本を取り上げてしまうに決まっているのだった。

放課後が待ち遠しかったことを覚えている。断片的に文章を追いかけただけでも、読みながら頭の中に浮かんでいた場面が、午後の授業中もずっと僕の頭の中にはっきりと見えていて、早く初めからちゃんと読みたかった。

放課後、僕は、なるべく目立たないようにクラスの子たちから離れ、別棟に向かって歩いていることを誰にも気づかれないようにと、わざわざ一度校舎の外に出て遠回りなどしながら、図書館に向かった。絶対に、誰にも気づかれたくなかった。

図書館のドアは開いていた。

中には、また見知らぬ三人の子がいた。三人とも女子だった。でも、皆、僕の方を見ることもなかった。僕は空気のようにそっと部屋に入り、お目当ての棚に向かった。江戸川乱歩。改めて見てみると、作者はそんな変な名前だった。そこからして、何か別世界のお話のようだった。だって、「怪人二十面相」なんだしさ。午後、授業中に僕が追いかけていた空想の世界にはぴったりな気がした。シリーズは全部で三〇冊ほどあった。表紙の絵はどれも暗い色調で、恐ろしげな印象のものが多かったけれど、何故だか僕はそれにも惹かれた。僕も男の子の端くれだから、なのか。いや、白々しく明るい表紙の物語など、読む気にならなかったのかもしれない。そこは僕の入って行く場所じゃない。とにかく、いろんなことが、僕の心をわくわくさせていた。

昼間に見ていた一冊を取って、カウンターに向かった。すると、そこに座っていた女の子が、僕が近寄るのを感じると、すぅっとどこかに行ってしまった。きっと、五年生のどこかのクラスの子なのだろうと思った。僕が覚えている子は少ないけれど、僕の方は学年の有名人だから。

やっぱり少し悲しくなった。でも、黙ってどこかに行ってくれるなら、まだ有難かった。あからさまに汚い物を見たような顔をされないだけで、少し安心した。

そんなことばっかり感じながら、僕は毎日、学校で過ごしていたんだ。

可哀想な話だ。

僕は、カウンターの前で、どうしたらいいのだろうとぼうっとしていた。本の借り方なんて知らない。すると、昼と同じように奥から女の先生が出てきて訊いてくれた。

「借りるの？」

「うん。」

先生は学年と名前を聞いて、僕の貸出カードを探し出し、すいすいっと手続きを済ませて、はいっ、と本を僕に返してくれた。

なんだか、嬉しかった。図書館で、僕が、本を借りた。すごい。そう思った。

「ありがとうございました。」

僕はしっかりとお礼を言って、軽くお辞儀をして、図書館を出た。出る時に、自然に入り口のドアを閉めて行こうとすると、

「あ、そこ。」

と、先生が声をかけてきた。

「開けておいて。いつも開け放しにしているの。いつでも誰でも入りやすいように。でも、慣れないとみんな閉めて行っちゃうんだけど。」

僕は、そんなルールも知らない。一気に自分の顔が赤らむのを感じた。

「みんな礼儀正しいからね、閉めちゃうよね。ごめんね。」

先生は、温かく笑い、本当に申し訳なさそうな顔をしてそう言った。先生が僕に、そんな優しい表情を向けてくれるのも、久しぶりのことのように感じた。そんな一つ一つのことを、よく覚えている。この日の午後から放課後までの時間は、僕に、とても温かかったのだ。

うちに帰り着くと、すぐに床に寝そべって読み始めた。面白かった。僕は時を忘れて読んだ。ページは二、三百あったけれど、活字は大きく、行間も広く、何よりも文章がとても読みやすかった。その日に既に半分を読み終え、翌日も、朝からずっと、早く家に帰ってその続きが読みたかった。学校にも持って行って、教室でも読みたかったけれど、絶対に誰かに取り上げられるに決まっていた。僕にはその本はもう宝物みたいに感じられていて、これだけは誰にも触らせたくなかった。絶対に奪われたくなかった。

結局、その本は二日で読み終わり、三日目に僕は、次の一冊を借りた。どきどきしながら読んだ。わくわくしながら読んだ。二十面相は決して人を殺さない。でも、小林少年が海上に浮かぶブイの中に閉じ込められて、やがて酸素が薄くなり、頭ががんがんと痛み始め、鼻血まで出てきた時には、僕はまったく、自分がその真っ暗で狭い空間に閉じ込められて、海の上でぷかぷかと漂い、絶望的な死の予感に震えている気持ちになった。夜の夢の中では、危機一髪、ぎりぎりのところでブイの蓋が開けられ救出される、その暗闇に光が差し込む瞬間の光景、「大丈夫か。」と言葉をかけられるその声まではっきりと見、聞いた。

僕は、本の中に逃げ込んだ。

そこには、人をいじめる奴なんかいなかった。みんな真面目で、誠実で、優しかった。みんなが仲が良く、助け合って、思いやりで結ばれていた。

家に帰ると、自転車に乗って本屋さんに出かけることを覚えた。土日にも、毎日のように行った。近場の書店は二軒しかなく、どちらも大して大きなところではなかったけれど、僕は行くとそこで二、三時間を潰した。お金がないから買えないけれど、何か面白い本はないかと物色しているだけで楽しかった。子供向けの本から、文庫本にも関心を向けた。すると、本の後ろ側に簡単なあらすじが記されているのに気づいた。何度も同じ店に行き、何度も同じ本を手に取った。心惹かれた物語は、あちこち拾い読みをした。そのうちに、巻末に解説が記されていることも知った。物語の本編を読んでしまうのは、いつかその本を読む時の喜びを消してしまうようで嫌だったが、解説だけを読んでより詳しくあらすじを知るのは許容範囲であるように思った。心惹かれる本は、その同じページを何度も何度も読んだ。そのうちに、僕は読んでもいない名作文学など、作者と題名を言われれば、簡単な内容を思い浮かべられるようになったし、実際には読んでもいない本の登場人物同士の、具体的な会話のやり取りまで言えるようになった。

僕は、普通に会話する友達がいなかった。でも、物語を読んでいると、作中の誰も僕に話しかけてはくれないけれど、少なくとも、僕はそこにいる人たちの会話の輪の中にいることが出来た。そこに座って、登場人物たちと同じようにうなずいている気持ちになれた。そして、読んでいる間は嫌なことは目に入らなかったし、辛い言葉も聞こえてこなかった。

僕は、一人でいられる場所を探した。少しでも、一人になって本が読みたかった。でも、結局それは、学校では図書館にしかなかった。僕は毎日、昼休みは図書館に行った。そして、誰にも見つけられないように、あまり人が来ない端っこの本棚の、隅っこの、一番奥の、その隅の方に、小さく膝を抱えて床に座って、本を読んでいた。

あの、奥の部屋にいる女の先生は、司書の先生だった。彼女は時々、散歩するように図書館の中をふらふらと歩いてきて、そんな風に座る僕を見つけることもあったが、

「向こうにちゃんと座ったら?」

なんて言うことは一度もなかった。ただ逃げるように挟まるようにしてそこにいる僕を見下ろして、目が合うとそっと微笑んで向こうに行ってくれた。

僕は、ほっとした。ここで、こんな風に読んでいていいんだと思った。

五年生の後半から、僕はそうして、ちょっとだけ居場所を手に入れた。とはいっても、昼休みは短いし、辛いことも悲しいことも毎日多かった。僕がそういうことから解放されることはなかった。僕のポジションは決まり、僕はそれを受け入れ、後は同じような日が判で押したように、本当に同じように繰り返された。相変わらず、僕はよく蹴飛ばされたし、頭を叩かれたし、時々、家の玄関に入った瞬間に声を上げて、たくさんの涙を流しながら泣いていた。それは、何も変わらなかった。

三学期になると、図書館にはほとんど人が来なくなった。暖房が十分に効かずに底冷えして、みんなそれに耐えられずに、寄り付かなくなるのだった。放課後には貸出係として交代でカウンターに座る図書委員も、そんなことで、三学期には担当が割り振られていなかった。それもこれも、僕には嬉しかった。僕を嫌う五年生の子が担当の時には、貸出の手続きが出来なかったから。いや、出来るんだけれど、そんな時にはいちいち傷つくのは嫌だったから。

僕は、寒い寒い図書館の隅っこの暗がりで、しゃがみ込んで、本を読み続けた。秘密基地の奥で、そっと息を潜めて敵から身を隠している気分だった。誰も来ない、誰にも見つけられない。それは本当に嬉しかった。

「野村君。」

気が付くと、いつもは側までやって来たりはしない司書の先生が、僕のすぐ横に立って僕を見下ろしていた。

「いつも一生懸命に読んでるね、楽しい？」

目が、いつものように優しかった。嬉しかった。

「うん。」

とても素直にそう言えている自分もまた、僕は嬉しかった。

「あのね、よかったら、お願いしたいことがあるんだけど。」

先生はそう言った。

お願い？

「うん。毎年、三学期の終業式の日に、図書館新聞っていうのを配ってるんだけど、知ってる？」

見た覚えはあった。ちゃんと読んだことはなかったけれど。

「そこに、お薦めの本の紹介を、毎年何人かの人に書いてもらって載せてるんだけど、今度、野村君、書いてみない？」

「え。」

僕は絶句した。思いがけなかった。みんなに配られる新聞に、僕の書いた文章が載る？　僕の名前が載る？

　文章なんて、うまく書ける気がしなかった。しかも、みんなに読んでもらう前提で書いたことなんて、あるわけもなかった。そういうのは、もっとみんなが認める賢い人が頼まれて書くもので。この人は、いったい何を考えてるんだろう。

　いろんな思いが、僕の中を走り抜けていた。

「どう？」

　僕は答えられなかった。

　少し待ってから、先生は言った。

「まぁ、考えてみて。また聞くから、その時に返事してくれたらいいからね。」

　先生は、そっと僕の頭を撫でた。

「でも、本が大好きな人が、自分の好きなお話について書いてくれた文章って、すっごくいい文章になるんだよ。だから、野村君に書いてみて欲しいなって思ったの。多分、ここに来る男子の中で、野村君が一番、本が好きだよ。」

　僕に……して欲しい。

　僕が、……。

　僕の目から、涙が、どんどん溢れてきた。あの、悲しくて玄関で泣いている時みたいに、止まらなかった。唇を閉じていることが出来なくて、ぶるぶるぶるぶる震えて、そこから息を吐くみたいな変な声がたくさん出てきた。

一番？　僕が、一番？

褒めてもらえたことが嬉しかった。褒められたことなんて、もうずっとなかった。あの、「手ぶくろを買いに」の朗読の時のことだけ、大昔のことのようにふと思い出すだけだった。唯一なんだ。それしかなかったんだ。

大げさだけれど、僕は自分が「人」として、久しぶりに認められた気がした。ずっと、先生たちもみんな、僕を人としてなんか見てなかった。僕がいじめられてることを知っているはずだし、僕が大嫌いな「のむブー」という名で呼ばれ続けていることを目の前で見ているのに、どの先生も何も言わなかった。あの日、みんなの前で晒し者みたいに起立させせといて。廊下で僕が意味もなく体当たりされている場面にだって、何度も出くわしているくせに。

司書の先生は、ずっとここにいて、ほんとの先生じゃない。ほんとの先生じゃない先生だけは、僕に優しくしてくれる。

嬉しかったけれど、ほんとの先生じゃないから、僕にそうしてくれるんだ。どこかでそんな言葉も聞こえていた。僕の居場所は、この、広い図書館の隅っこのここにしかなくて、こんな小さな暗がりで、この人にだけしか、人として扱われない。

僕は嬉しくて泣いていたんだろうか。それとも、見ないでいようとしている自分の惨めさに明かりが当てられて、見たくないのにそれが見えちゃった気がして悲しかったのだろうか。

みんなの代表として、読書のプロとして文章を書く。それが名前入りでみんなに配られる。みんなの親も見る。僕の親も見る。母は自慢に思ってくれるだろうか。そんなことも想像していた。

手に入れたかった。そんな名誉。そんな称賛。

でも、僕にはわかっていた。その新聞に僕の名前を見つけ、その文章を見た瞬間に、教室中が騒ぎ始める。うへぇ～、気持ちわりぃ～。笑い声。そしてきっと、これからは連中はここにもやって来て、僕をからかい始める。

普通の筋書き通りの幸せなんて僕のところにはやって来ない。わかってる。やって来ないんだ。だって、それは、僕だから。僕には、本当は幸せなはずのことだって、そのまま幸せとしてはやって来ない。少し喜んでも、絶対に裏切られる。

こんな嬉しい知らせも、僕には嬉しいことにはならないんだ、きっと。僕にはそんな確信があった。

なんて答えたらいいいんだ。

書きたいけど。書けるかどうかわからないけど、書いてみたいけど。

でも、また、悲しい思いをするだけだ。

調子に乗ったら、その何倍も傷つくんだ。

ほんとの先生は、そんな時も、誰も助けてはくれない。

変な夢は、……見ない方がいい。

けれど、言えなかった。そんなことは全部、何一つ言えなくて、僕は、膝の間に顔と頭をぎゅうぎゅうと押し込みながら、子犬のような声を上げて泣き続けていた。

先生は、そんな僕の頭を撫で続けてくれていた。

ぐすん、と、鼻をすする小さな音が、僕の頭の上から聞こえた。

「ごめんね。」

先生の声が聞こえた。


六年生になっても、僕を取り巻く状況は、あまり何も変わらなかった。クラス替えはあっても、全体で三クラスしかないから、結局三分の一は前のクラスの子だ。そうなると、五年生の時のクラスで行われていたしきたりも、初めは立ち消えたようになっていても、ひと月もすると同じように復活した。新たなやり方も加えられて。横を通り際に机の上のペンケースを落としていくとか、掃除の時間に、わざと僕の机を倒して中をぶちまけて、あとは何もかもぐしゃぐしゃにして中に押し込むとか。よくこんなにいろんなことを思いつくなぁと他人事のように感心しながら、僕はやっぱり、寂しく溜息をついていた。

でも、クラスが変わって、驚いたことが一つあった。

僕のそばに来て、優しい言葉をかけてくれる子がいた。

田島という子だった。宇宙と列車が好きで、勉強の良く出来る子だった。いつだったか、理科の時間に、星の話をたくさんして、かっこいいなぁと思ったことを覚えている。多分他の子たちもそう感じたろう。家のベランダから、お父さんと一緒に天体望遠鏡で星の観察をしたとかいうことも話していた。僕には、物語やドラマの中の親子みたいに感じられた。実際にそんな家もあるのだなぁと少し驚きながら聞いていた。

その日は、何度目だったろう、ぶちまけられぐしゃぐしゃに突っ込まれたプリント類を、僕は一枚一枚机の上で広げて、重ねていた。毎回授業で使うドリルには変な折り目がいくつもつき、提出する用紙はごみ箱から拾い上げたみたいにくしゃくしゃになっていたりした。僕は慣れていたから、もう泣きはしなかったけれど、早めにしわを伸ばして少しでも直しておかないと、提出した時にまた先生に呆れられる。そんな気持ちで必死だった。元には戻らないから、そんなことをしても実際には大して変わらないのだけれど、僕は真剣に、それで随分ましになると信じていた。

でも、そうして直して重ねたプリントが何枚か溜まったところで、また誰かが来て、それを両手でぐしゃぐしゃにしていくこともあった。そして仲間と一緒に、楽しそうに笑って去るのだ。本当にしつこかった。それでも僕はもう一度しわを伸ばす。それしか出来ることはないのだから。結局先生には叱られるのだろうけれど、僕は直そうとしたんだということを、僕は心の中で呟くことが出来る。それさえもなかったら、僕は本当に惨めだった。

駄目な子だけれど、駄目でなくなろうとはするんだ。そんな気持ちくらいは持っていたかった。

もともと僕はだらしのない子だ。字なんて、なんて書いてあるのか先生にも読めないくらいに下手くそだったし、誰かにいたずらされなくても、もらったプリントはしょっちゅう鞄や机の中でくしゃくしゃになったり大きな破れ目が入っていたりした。だから、そんな風にされることも、もしかしたらみんなからの、「お前のものは、こんな風になってた方がお似合いだろ」というメッセージなのかもしれないと思った。それでも、僕は、頑張ってしわを伸ばした。僕のせいじゃないことで、僕が先生から余計に蔑まれるのは嫌だった。だったら普段からしっかりしてたらいいのに。でも、その能力も僕にはなかった。よくわからないけれど、僕にはちょっとした障害があったのではないかと、今の僕はそう思ったりすることがある。忘れ物も多かったし、ちょっとしたことがちゃんと出来なかった。そして、つまらないミスを繰り返すのは、今も変わらない。僕は今も、駄目な奴なのかもしれない。

その日も、そんな風に机の上で重ね直したプリントをもう一度荒らされた。

ただ、この日は田島君が横でそれを見ていた。

そして、

「何でそんなひどいことするんや。」

と、大きな声を上げてくれた。笑い声をあげていた三人は、少し驚いていた。そして、何も言い返さず、笑いやめてそのまま教室を出て行った。

田島君はそれを見送ると、僕の机の横に手近な椅子を寄せてそこに座り、

「手伝う。」

と、言い、僕がしていたのを真似るようにして、丁寧に紙のしわを伸ばし始めた。ぶっきらぼうに投げ出すような小声の一言だったが、しっとりと、僕をいたわるような響きがあった。

「ありがとう。」

と、僕は言った。

誰かにその言葉を口に出来ていることが、嬉しかった。

それから、クラスの中のいじめは、少しましになった。決してなくなりはしなかったけれど、執拗にひどいことをされることは、明らかに減った。

みんなが怖れるほど田島君はクラスの権力者ではなかったし、リーダー格の子は他

にいた。その子は、僕に悪さをするわけでもなく、僕の味方をしてくれるわけでもなく、ただ、僕のことなどまったく気にかけていなかった。それでも、僕にとっては、彼が先頭に立って僕をいじめないだけで、十分にありがたかった。この前の三人のように僕にちょっかいを出す子は他にもたくさんいたが、三人がたしなめられてから、誰もが、いつも田島君の視線を気にしているような感じがした。僕が言っても先生はそんなに動かないけれど、田島君が言いつけに行ったら、先生も放っとかないだろうと警戒しているのかなと思った。それまでも、みんな、自分が悪いことをしているという意識はあったに違いない。でも、誰もそれをとがめだてしない場所では、人はそんな気持ちは平気で全部、どこかに放り投げてしまえる。でも、誰かが本当のことを言った時、正義の言葉を口にした時、みんな怯んだ。そんな気がした。

もともと平気でしていたんだから、誰もそれを本気で恥ずかしがってなんかいなかったろうけれど。それでも、何か悪人のシールを胸に貼り付けられるような居心地の悪さみたいなものを、彼らも少しは感じるのかもしれなかった。少しは、だけど。

でも、僕には、そうして自分の周りの空気が少しだけ浄化された感覚が嬉しかった。毒素が薄められ、きれいな酸素が送り込まれて、空気が急に美味しくなったような、そんな気がした。それは、僕自身の力では、到底かなわないことだった。

悪や不正を憎む気持ちは、そんな日々の中で、僕の内に深く根付いて行ったような気がする。僕は卑怯なことが嫌いだった。掃除があれば誰よりも丁寧にした。片付けの当番が当たっていて、みんなが適当にやり残して去って行っても、一人で黙々と最後まで整理を続けた。他の子がしないで放っておくのだから、僕も一緒に逃げてしまっても構わないはずだとも思ったけれど、そうしたら僕も一緒に染まってしまうような気がした。卑怯なことは汚い。汚いことはしたくなかった。僕の履く靴はボロボロだったし、服は全然お洒落じゃないくたばった安物だったし、どこを取っても薄汚くて、みっともない子だった。おまけにぶくぶく太ってるし、髪の毛もぼさぼさだし。だけど、行いまで汚くなるのは嫌だった。どんな仕事を押し付けられても、黙って一人でした。誰も助けてくれないのは当たり前になっていたし、それを先生に言いつけても無駄だと思っていた。そんなことをしたって、何も変わらないか、後でその分の報復が来るだけなのだった。

ある日。

それは一学期の終業式の日だった。何かの都合で、僕は一人教室に残っていた。見ると、教室の後ろの黒板の、端っこの方に、誰かの悪口が下手くそな漫画と共に結構大きく書かれていた。それは僕のことではなかったけれど、そこに同じように僕をからかう言葉が、同じようにひどいイラストと共に記されることは、しょっちゅうあった。掃除の時間に誰かが消しても、二、三日するとまた新しい絵が描かれた。僕の名前と、豚の絵とかね。

その日そこに書かれた言葉を見て、僕は悲しかった。僕以外の子が、同じような辛い思いをするのは嫌だった。僕なら仕方がないけれど、他の子にまでそんなことをしなくてもいいのに。ひどいことをするなぁと、そう思った。そう思ったら、どうにもいたたまれなくなった。

僕は黒板消しを取って、周りを見回した。教室の窓の外も確認した。僕がその子を救うためにこの落書きを消しているところを誰かに見つかれば、今度は書かれているこの子が、僕に同類として扱われた僕の友達、僕の仲間として扱われて、僕と同じようにもっといじめられるようになるかもしれない。そうしたらこの子は、余計なことをするなと、心の底から僕を憎むだろう。罪の無い子からそんな感情を向けられるのは、更に辛い。

僕は慎重に周りを見回した。僕はどんくさいから、こんな時も、しなくていいことをわざわざやって、物事をいよいよ悪い方向に進めてしまうのだ。すごく気を配ったはずなのに、僕のすることはいつも裏目に出る。そんな失敗を何度も何度も繰り返してきていたから、僕は自分を信じていなかった。僕はろくでもないことしかしない奴なんだ。だからじっとしているのがいい。いつもそう思ってきた。

なのに、やはり我慢が出来なくて、何かしてしまう。

僕はその黒板の文字を消したかった。それをそのまま放置して教室を去るのは、僕がそれをそこに書き記して帰るのと同じだと感じていた。

僕は急いでそれを消した。乱暴に消した後、消し痕が残らなくなるまで、丁寧に、縦に何列か黒板消しを動かして、掃除の後の美しさに仕上げた。そして、汚れた黒板消しをクリーナーにかけた。

大きなモーター音が、静かな教室と廊下に響くようで、どきどきした。

水場で雑巾を濡らして、黒板のチョークの粉を受ける皿の部分の、今の作業で汚れた部分を拭き取った。

その時に、教室に人が入ってきた。僕は誇張ではなく、いくらか飛び上がった。

田島君だった。

「何してるん。」

相手が彼で、僕は少しほっとした。それでも、何か秘密を覗かれたような気持ちは残っていて、どう答えようか迷った。

結局、こう答えた。

「ちょっと、掃除。」

彼に対して何かをごまかしている後ろめたさが、僕の心でうごめいた。

彼は、黒板の、僕がたった今きれいにした、その場所を見た。

「消したの、そこ。」

彼は、そこにどんなことが書かれていたのか、知っているようだった。僕は少し怯んだ。でも、この子なら、ほんとのことを言っても大丈夫だろうと思った。というか、彼に正直に言わないのは、悪いことなんだと思った。

「うん。」

僕は、逃げるように、汚れた雑巾を洗いに、廊下の水場に向かった。

田島君はどう反応するんだろうと思った。

褒めてくれるかな。

少しだけ、僕はそんな期待をしていた。

戻ってくると、彼は同じ場所に立っていた。僕は、何だか、彼は恥じているような気がした。誰かを傷つける言葉が書かれていたのに、自分はそれを見て、ただそのままにしていた。僕が感じていたように、彼もそれを、自分も共犯者であるように、卑怯者であるように感じている気がした。

言葉を交わさないのに、彼は僕と同じことを感じているような気がした。

そんなことは、初めての経験だった。

僕は、教室の隅にある決められた場所に、濡れた雑巾を干しに行った。するとその背中に、田島君が声をかけた。

「一緒に帰ろうか。」

　僕は驚いた。え？　え？　そんな疑問符だけが続いて浮かんだ。なんでそんなこと言ってくれるの。そんなことしていいの。それ、人に見られてもいいの。

「うち、どこ。」

「小山里。」

「そっか。僕は学校のすぐ近くなんや。教えたげる。」

「うん。」

　そうして、僕らは鞄を背負って一緒に教室を出た。

　僕は誰かと二人で歩いていることが何だか照れくさくて、ずっと横に並ぶのではなくて、彼よりも半歩下がるようにして歩いた。そんな僕を、田島君は時折待つようにして追いつかせて、二人並ぶとまた歩き出した。彼は、どうしてか、僕が毎日図書館に通っていることを知っていた。何を読んでいるのかと訊いてきた。僕は答え、彼は、「乱歩は僕も好きだよ。」と言った。

　僕はとても嬉しかった。自分が好きなもののことを、同じように好きな相手と話が出来るなんて。

　僕は随分饒舌になり、田島君も同じくらい話していた。僕は、彼の天体望遠鏡のことも訊いた。実物なんか、見たことはなかった。尋ねていると、まるで彼と一緒に星空を眺めているような気分になれてわくわくした。僕が訊くことの一つ一つにたくさんの言葉を費やして答えながら、彼もとても楽しそうだった。

僕と話しながら、嬉しそうに笑っている？

じゃ、今度は一緒に月を見ようよ、と、そのうち彼はそんなことも言った。

彼の家は本当に学校から近かった。歩いて十分もかからなかった。その割には、僕らは物凄くたくさんのことを話したような気がしていた。

「ここ、僕の家。」

彼がそう示した家は、門扉の向こうに、家の玄関まで点々と石のステップが並べられ、その左右にきれいな花が咲いていた。

「明日、遊びに来ん？」

不意に、彼がそう言った。

「いいの。」

「うん。望遠鏡、見せたげるよ。」

「うん。」

「じゃ。十時とか、どう？」

「いいよ。」

「じゃぁ、それで。来たら、ここのボタン押して。」

彼は門柱の、インターホンを示した。

「わかった。」

じゃぁ、明日ね。

じゃ。

僕らは手を振って別れた。

そこから僕はいつものように一人で帰った。けれども、気持ちはいつもとは全然違った。

学校から彼のうちまで、嘘のような時間だった。僕は普通の子のように同じクラスの子と共に歩き、普通の子のようににこにこしながら話し続け、普通の子のように、翌日一緒に遊ぶ約束をした。そんなこと、僕にはあり得ないことだったのに。


僕は、何だか怖かった。信じていいのかなと思った。でも、相手が田島君なら、いつものように運命に裏切られることもないように思った。でもやっぱり、行ったら彼のお母さんが、僕を追い返したりしないかなと思ったりもした。あるいは、彼の家に向かう途中、嫌な奴に出くわして、先に進めなくなったりしないだろうかと想像したりもした。なんせ、僕にとっての良いことは、いつもすんなり前に進んだりはしないのだ。僕は、自分の人生について、何も信用してはいなかった。

それでも僕は、その約束が嬉しかった。

夜、母親に、明日は友達の家に遊びに行くと伝えた。

母も、とても驚いていた。

転校以来、二年以上、そんなことは一度もなかったのだ。

そして、持って行けと、僕に五百円玉を一つくれた。何のために要るのかわからなかったけれど、僕は喜んでそれを受け取った。

僕は、親からお金をもらうことなど、ほとんどなかった。正月だけは少しだけ顔を出す父親の実家で祖父母からもらうお年玉を、一年間、大事に持っているのが、僕の使えるお金のすべてだった。あとは、消しゴムを買うお金、絵の具を買うお金、そんなものをその都度出してもらうだけなのだった。

でも、母もまた、そのお金を何のために僕に渡すのか、よくわかってはいなかったのだと思う。彼女は彼女で、子供同士が遊ぶ時に、どんな風に遊ぶのか、その様子も思い描けていなかったように思う。僕も母も、普通の生活というものがどんなものなのか、多分、見当がつかないでいたのだ。

僕は翌日、どきどきしながら出かけて行った。インターホンのチャイムを押すと彼が出てきて、僕を中へと導いた。

彼には自分だけの勉強部屋があった。壁も机もカーテンもベッドも、とてもきれいで、部屋の隅には例の天体望遠鏡が、でんと置かれていた。

お母さんの仕事先は近くなのだそうで、お昼に一度、家に帰ってきた。

僕は怖かった。僕を見た途端、彼の母は嫌な顔をするのではないかと身構えていたけれども、彼女は僕を笑顔で迎え、

「来てくれてありがとうね。」

とまで言ってくれた。

僕は嬉しかった。

漫画の世界のように、頬の肉をつまんでみたいような気分だった。

うっかりすると泣いてしまいそうで、僕はそれを我慢しなくてはならないほどだった。

もう、学校になんか、二度と行きたくないと思った。

彼の家に、ずっといたかった。清潔そうな服を着て、若々しく笑う田島君の母と、田島君と共に、家族のようにそこにいて一緒に笑っていたかった。

その日は、午後の遅くまで彼の家にいた。お昼ご飯は彼のお母さんがそうめんを作ってくれた。友達と、友達のお母さんと、自分と、三人で食卓に座り、会話しながら楽し気に食事する。素敵な光景だった。

帰り際、田島君は、僕の家の電話番号を訊いた。教えてくれる？

「うん。」

「じゃ、また、今度、電話して誘っていい？」

「うん。」

僕は飛び上がりそうな気分だった。今日帰ったら、もう次はないのだろうと思っていたし、僕の方から、また来てもいいかと尋ねるなんて、出来るわけがなかった。

僕の目には楽し気に受け入れてくれているように見えているけれど、本当は、こいつ、早く帰ってくれないかなと思っているんじゃないかと、僕はずっとびくびくしていた。

そのくせ、もう二度と与えられないかもしれないこの時間を、自分から切り上げることはなかなか出来ないでいた。

それで結局、限界までそこにいた。午後の五時になったら、他所のおうちにお邪魔するのはやめて家に帰りましょうというのが、小学校での決まりになっていて、僕はそのぎりぎりまで彼の家にいた。

帰る時間になるのが怖かった。

そう。僕に多くのものが与えられるはずがないのだ。今日のこんなに楽しい時間も、今日、これっきりでおしまい。昨日の教室での偶然があったから今日はこんなことになったけれど、もう夏休みになるし、彼とも会わないし、そもそも、彼が僕をそんなに何回も誘う理由なんてあるわけがなかった。

なのに、彼は、そう言ってくれた。

また、誘っていい？

僕は彼が渡してくれた水色のメモ用紙に、とんでもなく下手くそな文字で電話番号を記した。もともと字が汚いのに、緊張で手が震えて、うまく書けなかったんだ。僕は思わず訊いた。

「読める？」

彼は、メモの字を確かめながら、

「うん。大丈夫。」

と言って笑った。そして、

「ありがとう。」

と言った。

僕は、この子といると、なんで、こんなに何もかもが温かいのだろうと思った。電話番号を書き留める紙を探して、すぐに可愛らしいきれいな色の紙が出てくるのも、僕の家とは別の世界に住んでいる人の家、という気がした。そして、そこに喜んで迎え入れられている自分が嬉しかった。

彼は、外の門扉まで僕を送ってくれた。

「じゃ。今日は来てくれてありがとう。」

そう言った。

「うん。呼んでくれてありがとう。」

僕もそう言った。

「じゃぁ、また。」

「じゃぁ。」

言い合って、手を振って別れた。

少し進んでから振り向くと、彼はまだそこに立っていて、もう一度手を振った。僕も手を振り返した。

僕は更に進んだ。

彼が、もういいかな、と思うくらいまでは振り返らないでいようと思った。そして、だいぶ離れてから、もう一度振り返った。

彼はもういなかった。僕は安心して、家路をたどった。

ゆっくりと、ゆっくりと歩いて帰った覚えがある。

自分の家になんて、急いで帰りたくなかった。

僕の頭には、綺麗に片づけられた家の中と、田島君だけのお城のような部屋と、彼のお気に入りのあれこれが貼られた木目の美しかった壁と、彼の母と共に三人で手に取った、昼食の美しいガラスの器と、そういったすべてのものの姿が焼き付いていた。天体望遠鏡と、星と、日本中を走る列車が趣味の田島君の住む生活と、みんなに蔑まれ、いじめられ、いつも学校では逃げ隠れるように過ごし、身に着けるものも貧乏くさくて、家に帰ると傷つけ合う家族だけがいる僕の生活とは、あまりにすべてがかけ離れていた。

何故、彼も、おまけにその母までもが、僕を笑顔で迎え入れてくれるのか、僕にはまったく理解出来なかった。でも、せめて、いつまでもその余韻に触れていたかった。

家に帰って、玄関を入ると、僕の家の臭いがした。

いつもはそんなに感じないでいたのに、田島君の家で一日を過ごして帰ると、僕のうちは、なにか臭いがしていた。カビのような、玉ねぎのような、そんな臭いが、玄関にも部屋にも漂っていた。

僕は、その日から、毎日しっかりお風呂に入るようになった。僕の体に、その玉ねぎみたいな臭いが絡みついていて、田島君も彼の母も何も言わなかったけれど、実は二人ともずっとそれを感じていたのではないかという気がして苦しかった。そして、石鹸をたくさんタオルにこすりつけて、体をごしごしと、隅々まで洗った。そうしているとお風呂場中に石鹸の良い香りが広がった。僕は髪の毛も、シャンプーで洗った後にもう一度石鹸をつけて洗い直した。風呂から上がると、何度も自分の肩に鼻を近づけて、その香りが消えないでいることを確かめた。

僕は、そんな風にして、少しずつ、普通の人間になっていったのだなと、今、振り返ってそう思う。後に中学の友達が、かつての僕が「臭かった」と聞いて驚いてくれたのも、こんな一日があったからだったんだ。たまたまだ。

知らない、気にしないって、どうしようもないことなんだよ、誰にも教えられなかったら。

でも、時々、不意に先に進むんだ。偶然みたいにして。こんな風に。

数日後、田島君から本当に電話があって、僕はまた遊びに行った。その日は、自転車で行って、しばらく家の中で過ごした後、二人で自転車を並べて少し離れた小高い丘の公園にまで行った。

別の日には、彼の家で、借りてきたONE PIECEの映画を見たりした。

そして、夏の終わりには、彼に誘われて、夜、彼の部屋から一緒に望遠鏡で月の姿を眺めたりもした。その日は、帰りは彼のお父さんが、車で僕を家まで送ってくれた。田島君のお父さんは、とても優しい話し方をする人で、運転しながら僕にもいろいろと話しかけてくれていた。野村君は、本が好きなんだよね。野村君は、他にどんなことが好き。野村君は、兄弟はいるの。野村君は、野村君は……。小六の僕をとても大事に扱うように、いちいちそう呼び掛けながら話してもらえるのが、僕は不思議だった。そして、あの明るいお母さんと、このお父さんと。田島君が、こんな優しい子なのは、当たり前だなと、僕はとても納得する思いでいた。

いい夏休みだった。学校に行かない限り、僕がいじめられることはない。それでも、小さな街だから、ちょっとした買い物に行っても、いつもの本屋へ出かけても、同級生の影を見ることはあった。遠目にそれを見つけてしまったら、僕はまるで見当違いの方に向かって、とにかくその子と出くわすことを避けた。それも出来ず、出会いがしらのように不意に誰かと会ってしまった時には、僕はみっともないほど身を縮めて、こそこそと逃げた。それは、振り上げられてもいない相手の拳から身をかわす、反射的な行動だった。そんなことをしたら、また後日にそれをネタに笑われるのに。でも、顔を合わせるだけで、僕は既に、痛い、と感じていた。いつものようにそいつに蹴飛ばされ、頭を叩かれた気分でいた。相手が仲間と共にいて、二人以上の時には、逃げて行く僕の背中に笑い声が聞こえた。きっと、彼らの目には、僕の逃げて行く恰好が、慌てて葉裏に身を隠す虫けらみたいに、惨めで滑稽なものに映っているのだろうと感じていた。

二学期の始まる日は、憂鬱だった。

けれど、家に僕の部屋はないし、家の掃除もごみ捨ても満足にしない母親は、だらだらとテレビを見ながら一日中家にいるか、ふらりとどこかに出かけて行って夕方まで帰らなかった。夕方からは、近くのスーパーでレジ打ちの仕事があるのだった。

父親も、気が向かないと仕事を休み、朝から酒を飲むか、酔ったまま車を運転して賭け事に出かけた。二人揃って出かける日もあった。時には、やけに早くに帰ってきた。そんな日は、二人して良いところなしに負け続けたようで、部屋にいると僕は意味もなく蹴飛ばされたし、母親は夫から、中身の入った醤油さしを思い切りぶつけられたりした。そんなことで、うちの壁やふすまには、飛び散ってしみついた醤油や焼き肉のたれが、点々と色濃くしみついているのだった。

僕はその、視界に映る陰鬱な光景と、いつまでも家にいたり、いなくても突然帰ってきたりする二人に怯えながら、ろくなことのない学校と家と、どちらを選ぶことも出来ず、ただ惰性で登校することを選んで学校に通っていた。

いや、どこかで、学校に行って勉強しなくなったら、僕は本当に一生こんな生活に埋もれ続けるしかなくなってしまうと、怖れていたようにも思う。脱出出来る確信も、希望と呼べるほどの期待もなかったけれど、自らその沼の深みに向かって進んで行くのは辛かった。

後に、近所の人や親戚の人たちに、「あんたはよくグレなかったねぇ。」と何度も感心された。

あんな親の元で育って、と。

でも、ただ笑ってそれをやり過ごしながら、僕はいつも、

「グレるにもね、勇気と仲間が要るんですよ。」

と、心の中で呟いていた。

いっそ自分から、この地獄の底の底まで落ちてしまえと、身を持ち崩してしまうことも出来たかもしれない。物を盗み、壊し、僕よりも弱い者、小さい者をいたぶり傷つけ、その仕返しに、結局は僕自身が逆に物凄く傷つけ返されて、もう何も感じなくなるまでぼろぼろになることも出来たかもしれない。そして、人生の初めの十数年で、自分の人生を決定的に壊してしまうことも出来たかもしれない。

でも、僕は怖かった。もうそれ以上落ちたくなかった。

それに、不良になるにも、相手をしてくれる仲間が必要だった。僕は、みんなの都合の良いサンドバッグには成ることは出来ても、その使い走りにすらしてもらえそうにはないように思った。何の役にも立たないのだから。

グレるほどの勇気も、仲間もいない。

僕には、本当に、どこにも居場所がなかった。そう思うと、お腹の下の方が、ツン

と冷たく感じた。

二学期の始業式の日、僕は少しどきどきしていた。

いつもは学期が変わろうと、僕の生活に何の変化もありようはないのだから、初めから諦めも覚悟もついていた。つまりは、前の学期の終業式の日までの日常が、同じように続くだけなのだ。

けれど、この日は少し違った。

僕は結局、夏の間に田島君と六、七回、一緒に遊んだ。普通の友達同士のように。決して見下されることもなく。けれども、学校が始まって、教室の中で、田島君は僕とどんな風に接してくれるだろうかと思っていた。夏の日々と同じように二人が親しげに話し笑い合ったりしていたら、周囲の者たちは驚くだろうか。それとも、田島君でも、教室で自分が僕の仲間だと捉えられるのは不快に感じるのだろうか。僕は、彼に近寄らないようにした方がいいのだろうか。そんなことをたくさん考えて、少し緊張しながら教室に入った。

けれども、結局、その日、僕は田島君と一言も会話しなかった。

そもそもそれが普通なのだった。

周囲に人がいる状況で、僕と彼が言葉を交わしたことなど、それまでにもほとんどなかったのだから。

それでも、僕は、教室で彼から僕に、何でもないことで話しかけてきて欲しかった。その時、あの僕がプリントをぐしゃぐしゃにされて、彼が助けてくれた時のように、周囲の僕に対する見方とか接し方に、大きな変化が生まれるのではないかと期待していたのだと思う。

もしかしたら、やっと、少し抜け出せる。

今日がそんな日になるのかもしれない。

僕は勝手にそんな夢を思い描いていた。

しかし、結局その日も次の日も、僕と田島君の間に会話はなかった。僕はいつものように適当にからかわれながら日を過ごし、かつては持たなかった、一緒に帰ろうと誘われなかった寂しさを抱えて、いつものように溜息をつきながら、決して帰りたくもない家路を一人でたどった。

新学期が始まって、四日目だったか五日目だったか、ただ元に戻っただけだよなと、僕が余計な期待を諦めかけた頃、休み時間に、田島君が不意に僕の席にやって来た。

彼の席は、確か、二列ほど横の、三つくらい前のところにあったのだと思うけれど、何の前触れもなく突然つかつかと僕のところにやって来て、彼は、

「ねぇ、」

と、話しかけた。

あまりにも自然な声のかけ方でそう言ったので、僕よりも周囲の者が、一瞬びっくりしてこちらを向いたのがわかった。まるで仲の良い友達に、普段通りに話しかけるみたいだったのだ。

みんな、えっ?!と、反射するみたいに反応した。

顔を上げると、田島君は普段通りの明るい顔をして、前に立って、僕を見ていた。

僕は、随分長いこと、みんながいる教室でそんな風に何でもなく声をかけられることがなくなっていたから、彼を見上げながら、何だか照れ臭いようなくすぐったい気持ちになった。近くにいた子は、一斉にこちらを見たし。

田島君は、言った。

「ハサミかカッター、持ってない。」

「え?」

「持ってたら、貸して欲しいんだ。使ってすぐ返すから。」

一瞬、何でもないその言葉の意味がつかめなかった。僕に、誰かが、何かをお願いしているという状況に慣れていなくて、僕の答えは、戸惑うように少し間が空いた。

「ああ……。こんなんでもいい。」

僕の筆箱には、満月から四日分ほど欠けたような形をした、いびつな円形の、指先でつまんで使うスライド式のカッターがあった。小さなものだから、刃先なんて一センチくらいしか飛び出さない。僕はその刃を出して見せて、彼の目的にかなうものなのか、目で尋ねた。

田島君は、それを見て小さく微笑んで頷き、

「うん。それでいい。ちょっと借りていい。」

そう言って受け取り、自分の席に戻って、手元で何か作業をしてから、すぐに戻ってきた。

「ありがとう。」

僕は差し出されたカッターを受け取って、筆箱に戻した。田島君は、顔を上げるともう背中を向けて自分の席に戻っていた。

でも、僕はそんなことでも嬉しかった。何日か会話をしなかったけれど、それはただ必要がなかっただけで、僕と接する時の彼の様子には何のためらいもなく、二人の会話は夏の時間と同じように柔らかに流れていた。

変わらないんだ。よかった。

僕はただそれだけを思った。もう今日は他に何も要らないと思った。

安心の吐息を、その日、僕は、帰るまでに何度も繰り返した。

夜、電気を消して布団に入ると、昼間のことが思い出された。

田島君は、まだ僕の横にいてくれるんだと思ったら、ほっとした。でも、同時に、夏の日々のように親しく共に行動することは、やっぱり学校では無理なのかなと思ったりもした。彼だって、僕と仲良くすることで、クラスの中で自分が得ている信用を落としたくはないのだろうなと考えた。

あの子には嫌われたくない。僕はそう思った。

でももっと、彼のそばにいて、普通に友達同士として会話したり遊んだりしたかった。

他の奴らなんかどうでもよかった。どうせあいつらは他人をいじめて喜んでいる蛆虫みたいな奴らなんだ。そんな奴らと話したいことなんて、一つもない。

でも、田島君とは話したいことがたくさんあった。

最近読んだ本の話がしたかった。

最近導入された新しい新幹線の車両について、彼に教えて欲しかった。

彼の天体望遠鏡で二人交互に月のクレーターを見た、あの晩の記憶について、一緒に語りたかった。

でも、それはなかなか叶わなかった。

でも、田島君は僕を遠ざけていたわけでもなかった。教室を移動する時には、たまたま同時に部屋を出るタイミングになれば、横に並んで、何か何でもないことを話しながら一緒に歩いた。僕は彼から敬遠されているわけではなかった。微妙に席が離れていたから、わざわざ僕の席へ遠回りして僕を誘って行動することがないだけだった。けれども、彼にはもちろん、同じように共に話し共に歩く友達が、他にも何人もいた。

僕は、彼が他の子と楽し気にしている姿を見る時には、その輪に入っていけない自分が悲しかった。そこに加わろうとすることは度が過ぎた願いで、下手なことをして、まだ見たことがない、彼の不快そうな表情を見るのが怖かった。

自分が彼の友達の一人だなどと思うのは僕の思い上がりなのだろう。そこを勘違いするとすべてを失ってしまう。そう思った。

それでも、クラスのレクリエーションなどでグループ分けをすることがあれば、田島君は、僕が一人残される前に僕を呼んで、自分たちの仲間に入れてくれたりした。それまでは、いつも最後に残る僕をどの班に入れるかで揉めたりして、僕はその度にとても悲しい思いをしていたのだった。

僕は、彼の班に入れてもらっても、なるべく目立たないように、何も言わないように、金魚のフンに徹するようにしていた。調子に乗るとまた顰蹙を買う。次からは、田島君が呼んでくれても、他のメンバーが難色を示すかもしれない。そうしたら僕はもうそこに加えてはもらえないだろう。

僕は、そうして、他の子の信頼と僕とを天秤にかけて、彼がいとも簡単に僕を見捨てる瞬間を見たくはなかった。だから、そうならないように、僕は影のようにただ静かにそこにいた。それでも、班対抗の球技などをすると、決まって僕は、のろまなミスをしでかして、勝てたはずの試合をあり得ないやり方で負けにしてしまったりした。そんな時、班のみんなは、「あ〜あ。」と落胆の声を上げるのだけれど、誰も僕を責めたりはしない。誘った田島君に悪いからだ。僕を誘った以上、そんなことが起こるのは目に見えているわけで、それはもう諦めるしかないことなのだった。そうしないと、善意から行動した田島君が可哀想だし。

僕をいじめる奴らとは違って、彼の周囲にいる子たちには、そんな風に考える分別があった。

それが全部わかっていて、僕は、何をやらせても誰よりも駄目な自分を、その度に呪った。瞬間に透明人間になってどこかに消えてしまえたら。どんなにいいだろうかと思った。彼の親切を無にしてしまう自分が、本当に辛かった。

これからは、こういう日は学校に来ないようにすればいい。

いや、でも、それもせっかく仲間に入れてくれた彼に申し訳なかった。

結局、僕はどうすることも出来ずに、自分ののろまさぶりを寂しがるしかないのだった。

そんな具合だから、夏の休みの日々は、随分前に見た長い夢のように僕には感じられていた。夢と現実の区別もつかないような異常者になってはいけないと、僕は自分をなだめていた。

これが、本来の僕さ、結局は。

そう、言い聞かせていた。

彼に、久しぶりに、「またうちに来ない。」と誘われたのは、秋の気配も深まった頃だったと思う。

僕は、もう二度とそんなことはないのだろうと諦めながら、それでも、冬や春、長い休みになったらまた夏のように二人で遊べないだろうかと夢想して、その度に自分で傷ついていた。

絶対に起こらない偶然を期待して同じ道をたどる虚しさを感じながら、それでもやはりその道を追いかける毎日が悲しかった。

だから、その言葉を聞いた時は、本当に嬉しかった。瞬間に湧き上がる僕の喜びは隠しようもなくて、でも、そんな姿を見せることで、僕は彼に、哀れな人間に期待を抱かせる心の負担を感じさせてしまうのではないかと、そんなことも怖れた。

でも、まったく抑えられなかった。僕の表情は、欲しいものを与えられた時の三歳児みたいに輝いていたと思う。

それでも彼は、まったく気にしていないようだった。

普段の週末は、ピアノやらスイミングやら習字やら、習い事の掛け持ちで、彼は結構忙しくしているのだった。その時は、ちょうどピアノの発表会が終わったばかりで、レッスンが休みになる期間だから、その分の時間が空いたから、「やっと誘えた。」と、彼は言った。

やっと。

その言葉を、僕はどんなに嬉しく聞いただろう。

いつも素直に真っ直ぐな言葉を口にする彼は気にも留めていなかったろうけれど、僕はその晩、その言葉を思い出して随分と泣いた。僕はまだ、そんな風に思ってもらえていた。何故だかわからないけれど、そんなあり得ないことがあったんだ。

僕は、その関係を失いたくないと思った。何があっても彼は決して僕を嫌うことなく、そのままずっと僕の友達でいて欲しかった。

そして、僕は馬鹿だった。二学期に入ってからずっと、何か出来事があるたびに彼の心の中を透かし見ようとしながら、今度こそ彼に見捨てられたのではないか、見捨てられるのではないかと心配して、心震わせ続けたことから解放されたいと思ってしまった。彼との絆を、揺るぎないものとして確認したいと思った。その欲求を心に浮かべた時、そこから逃れることが出来なくなってしまった。僕はまだ子供だった。寂しくてしょうがない、小六の、十二歳になったばかりの、子供だった。

その日、彼の家に行く時に、僕は一枚の紙に「友達誓約書」とタイトルを記した文面を記して、持って行った。

『僕は、野村君と、この先ずっと友達でいます。絶対に裏切りません。これからは毎月必ず一回は、いっしょに遊ぶことを約束します。』

ノートの一ページを定規を当てて破り取った紙は、丁寧に切り取ろうとしたのに、あちこちに破れ目が入った。どんなに注意深くやってみても、そんなことも確実にできないのが僕だった。でも、彼なら気にしないかと思った。僕はその一番下に、「署名」と書いて、横に下線を一本記し、四つに折りたたんで、キャップをはめたちびた鉛筆と共にズボンのポケットに入れた。

その日は、夏にも一緒に行った丘の公園に行った。結構広大な場所で、芝生に囲まれた敷地の中には、周囲を観覧席となる階段で囲われた、見たこともないくらいの広さのある野球のグラウンドに、テニスのコートが何面か、それにゲートボールをするためのスペースがあって、他には幼い子供が遊ぶつり橋で繋がったお城のような遊具と、小高い場所から公園全体を見下ろす場所に、日差しを逃れて休憩出来る小さな小屋が立っていた。そしてそれらが点在する間の草地もまた、ていねいに草刈りの行き届いた広場になっている。

田島君は、ここに、まだ人があまり集まらない早い時間に行くのが好きだった。この日も、七時半には彼の家に行き、八時過ぎには公園に着いた。人影は、少年野球の子供や保護者が集まりかけているのと、一人二人で散歩する年配の人が見られる程度だった。

「朝だとまだ空気が湿っていて、すごくいいんだよね。」

と、夏休みの間、最初にここに来た時に、彼はそんなことを言っていた。その日はカンカン照りの日で、お互いに物凄い量の汗をかいて、結局ここで過ごす時間の大半を休憩小屋の屋根の下で話して過ごした。僕にはそれでも十分に楽しかったけれど、木で作ったベンチの背もたれに寄りかかって公園のあちこちに見える人たちの姿を眺めていた時に、彼は言った。

「あっちぃー。やっぱ、暑過ぎだわぁ。」

そう言って、Tシャツの襟もとを伸ばし、ぱたぱたさせて胸元に風を送り込んだ。

「よく来るんでしょ、ここ。」

と、僕は訊いた。彼のお気に入りの場所なのだと聞いていたから。

「うん。でも、夏のこの時間に来たのは初めて。失敗したぁ。ごめん。暑過ぎ。」

「暑過ぎだね。」

僕もそう返して笑った。彼が失敗という言葉を口にしたのが楽しかった。この子でも失敗ってあるんだと思った。

「でも、教えたかったから、ここ。」

田島君は本当に真っ直ぐに物を言う。そんな何でもない言葉に、僕の心はいちいち潤わされる。

「いつもはもっと早くに来るの。」

僕も、彼が相手だと自然に言葉が出せるようになっていた。

「うん。夏だと、七時よりも前とか。」

「え、そんなに早く。」

「うん。暑いもん。」

彼はそう言って笑った。

「早起きすると気持ちいいしさ。そんな時間でも歩いてる人、何人かいるし。知り合いになって挨拶するおじさんとかおばさんもいるよ。」

「へぇ。」

「でも、そんな時間に誘えなかったしさ、まさかさ。」

「いいよ。全然大丈夫。来てみたい。」

「ほんと。じゃ、今度来よう。」

僕の未来の楽しみがまた一つ増えた。

僕は、ここで早朝、彼が散歩する見知らぬ人たちとすれ違いざまに笑顔で挨拶を交わす場面に出くわしたかった。何だろう。そこにいれば、僕も同じように世界に愛されているような、そんな気分が味わえるような気がしていたのだと思う。

夏はとうに終わって、随分時間がかかったけれど、やっとその朝の公園に僕らはたどり着いた。

ここには公園全体を蛇行しながら四方に巡る砂利敷きの遊歩道があった。一番外側を歩くと、四〇分くらいかかるのだと彼は言った。自転車の乗り入れは禁止されているのだけれど、降りて引くことは出来た。そうして公園の反対側まで行って遊歩道を出、来た時とは違う道を帰るのが彼のいつものルートなのだった。そちらの道は、下り坂が緩やかな分、曲がりくねっていて距離も随分長くなり、車で来る人もそれを嫌ってあまり通らないのだと彼は言った。だから、のんびり、全然漕がないで帰れるから、気持ちいいんだ、と。確かに、あの酷暑の昼下がり、貸し切りみたいに彼と二人、時折やって来る車をよけながら、時々ブレーキを握るだけで帰った道は、暑さよりも心地よさが僕の心には残っていた。

しかし、今回、一一月半ばの朝はさすがに寒かった。僕らは防寒の服を着て向かった。それでも、頰を擦る風は結構冷たかったが、行く道は逆に上り坂となるその道を通る、最後は立ち漕ぎで上り切った僕らは、到着して遊歩道を歩く時には、中にうっすらと汗をかいていた。

　上着の前のファスナーを開けると、冷たい空気がそれを冷やして心地よかった。公園は静かで、唯一、まだメンバーが揃い切らない野球少年たちのまばらな声が、遠くから時折聞こえてくるくらいだった。深く息を吸うと、しっとりと湿度を含んだ空気が、気持ちよく喉を通り抜けていった。

「いいね、ここ。」

「いいっしょ。朝は最高。」

　彼はとても満足そうだった。僕も楽しかった。彼が喜んでいる風景の中に、何の違和感もなく僕が含まれているのが、嬉しかった。

　この日、彼は鞄を一つ持ってきていて、中にはバドミントンのラケットと羽根が入っていた。

「やろ。」

　誘いながら、彼はもう芝生のスペースに歩き出していた。

　バドミントンをするのは、生まれて初めてのことだった。

　それでも彼はまったく気にしていなかった。なかなか返ってこない返球を急かすこともなく、僕が打ち返した羽根がへなちょこに地に落ちると、もう一回、と言って、まるで初心者にコーチするみたいに、次の羽根を同じように打ち上げた。羽根は三つ持ってきていて、彼がそれをすべて打ち終わると、今度は僕が同じようにした。でも、僕の方は、そんなことすら空振りばかりでうまく出来なかったりした。

彼はそれでも焦れなかった。

「いいよ、練習、練習。」

と、笑って僕を待っていてくれた。

そうしていると、そのうちに羽根はいくらかお互いの間を往復するようにもなった。すると、僕よりも彼の方が、何かを達成したみたいに喜んだ。

「やった。ラリー、続くようになったやん。」

ラリー、という言葉を、僕は初めて知った。羽根をシャトルということも教えてもらった。

僕はやっぱり、彼といると自分が少しずつ普通の子に変わっていけているような気がした。彼はいつものようによく笑ったけれども、僕もとてもたくさん笑った。

しばらくそうして遊んで、僕たちは再び自転車を引き、いったん反対側の出口にある駐輪場にそれを置いてから、あの、丘の上の休憩所に行った。晴天の日で、陽が高くなると上着が要らなくなるくらいだった。お昼までにはまだまだ時間があったが、公園には家族連れやら人が集まり始めて、あちこちからそのはしゃぐ声がいくらかの距離を越えて聞こえてきていた。この時間の、その遠い人声の柔らかさも、多分、田島君のお気に入りなのだろうなと、僕は思っていた。

ふぅ、と彼は大きく息を吐きながらベンチに座り、公園の遠くのどこかに目を向けながら、体を寛がせた。

僕も横に座り、味わうようにゆっくりと空気を吸った。

「あのさぁ。」

と、僕は声を出した。今なら、自然に訊けるような気がした。

「ん？」

「なんで僕なんかと、仲良くしてくれるの。」

怖かった言葉なはずなのに、何の勇気も出さないで尋ねられた。不思議だった。

彼がどう答えるのかは、まったく見当がつかなかった。予測することもしなかった。

僕はただ、その質問に彼がどんな言葉を口にして答えるのか、それを知りたかった。

まるで聞いたこともない動物の名前を図鑑で調べるみたいに。そこにはどんなことが書いてるのだろうと思っていた。

「あのさ、」

彼は答えに迷うことなく、言った。

「そんなこと、訊くなよ。」

「……うん。」

僕の中に、馴染みのある惨めさが、どっとやって来た。何かを、台無しにしてしまったのかなと思った。

「楽しくなかったら、誘わんやん。」

僕はまた、泣きそうになった。

「僕なんか、何やらしてもドジだし。」

「そんなの、誰も気にしていないよ。何か言う奴なんか、気にしなくていいよ。そいつは嫌な奴なんだから。」

彼はそう言った。

僕は、自分には公に誰かを、嫌な奴、だと思うことは許されていないように思っていた。すべては僕に原因があるのであって、そのために相手が不快になっているのだと思わなければいけないと思っていた。あるいは、そう思うようにしていた。だから仕方がないのだと。

辛いことは合理的に受け入れていく方が楽だった。不合理だと憤ると、なのに当然のように虐げられる自分が、論理の対象の下にいる、人間以下の生き物であるような気がして、いよいよ惨めに沈む気がした。

でも、彼の言葉を聞いて、思った。あいつら、嫌な奴なの？　他の人から見て。そうなの？

「僕なんか、電車オタクでさ、天体望遠鏡とか、月の話とか発表してさ、調子乗ってるみたいに思われてるのかもしれない。ピアノ習ってることも、スイミング行ってることも、基本、秘密にしてるしさ。でも、野村君は、絶対にそんなこと思ってないってわかるから、言えるし。」

そう言えば、合唱コンクールの伴奏者を決めるために、ピアノが弾ける人は何人いるかと先生が尋ねた時、田島君は手を挙げていなかった。僕はそれを思い出した。

いつも、ためらわずに本当のことを言うはずのこの子が、嘘を言うこともある。思い当たって、僕は少し驚いた。

そして、嫌う子なんて、男子でも女子でもいるはずがないと思うこの子が、他の子にどう思われているかと怖れたりすることがあるなんて。

大げさに言えば、この時、僕には、世の中とか人間というものがわからなくなったように感じられた。

向こう側の人と、こちら側の人。それまでの僕には、どちらもとてもシンプルに思えていたんだ。全部理解出来ているように感じていた。だから、受け留めて、諦めて、我慢していた。僕と同類の人なんて、例の吉田さんくらいしかいなくて、でも僕は、自分はまだ彼女よりはましで、世の中には普通の人の層と、僕の層と、もっと下のヨッタズンコさんの層がある。僕の親たちもまた、親しく心許して付き合う大人の友達がいるようには思えない。彼らもまた、僕と同じ層に位置する人なのに違いない。そして、それらの階層には決定的な性質の違いがあって、その溝は決して埋まることはない。だから、教室でも、僕以外の人たちは、多少個性の違いはあっても互いに分かり合える。層の違う僕とは、決して分かり合えないけれど。そう感じていた。それが動かしがたい前提だった。僕には、この世の構造がすべて見えていた。他人を怖いと思うのは、僕以下の階層の人だけなんだ。わかっていた。

それが、一気にぐらついた。

田島君が、不安になる?

彼は、そして、もう一言、言った。

「野村君、自分のいいところ、わかってないやろ。」

彼は、そう言うと、いっそう背もたれに身を預け、腰をずりずりと前の方にずらし、途切れた屋根の端のその向こうに広がる気持ちの良い空に目を向けたまま、手足を思い切り突っ張り、ん〜〜、と力を入れる声を出して大きく伸びをしてから、はぁ〜、と、一気に脱力した。そうして、ゆっくりと、今、僕の中に、彼の中に、僕と彼との間に一瞬絡みついた何かを、吹き払うみたいだった。

彼の体は、もう半分ベンチから落ちかけていて、背中が座面に、肩から上が背もたれに乗っかるようになって、横に座る僕が見ると、ちょうど真上から彼の顔を見下ろすような感じになった。彼の表情は、床の中の寝起きの顔のようで、半分心地よい眠りの中にいるように寛いでいた。

「僕に、いいところなんか、ある？」

僕はそう尋ねたかったけれど、言わなかった。代わりに、

「ありがとう。」

と、言った。

彼は、柔らかな目を少し僕の方に向けて、答えた。

「うん。」

温もり、なんていうものを感じられることは僕の毎日には少しもなかったけれど、この時の僕は、確かに彼からそれを受け取っている気がした。

僕は、そこで、そうしたまましばらく黙って、彼が好きな公園の空気を共に楽しんでから、そろりと腰を上げ、二人並んでゆっくりと丘面を下り、後は自転車にまたがり、ペダルから足を離して、例の重力と慣性の法則が与えてくれる爽やかな秋の空気の流れを存分に味わいながら坂道を下り、この日の午前を終わらせればよかった。

それで、良かった。

そうすればよかったのに。

僕は、計画を実行に移した。

僕は、ポケットから例の誓約書を取り出して、開いて彼に渡した。

「これ、よかったら、署名してくれる。」

「署名？」

彼は寝転んだまま、僕のへったくそな文字が記された、ノートからぎざぎざに切り取った一ページを眺めた。

「なに、これ。」

文面を読んだ後、彼は僕の方を見ないでそう言った。

僕は、瞬間に、彼ががっかりしたのだと感じた。

怒ったのかもしれなかった。

彼が心の中で溜息を漏らす音さえ、聞こえたように思った。

「こんなの、おかしいやん。」

彼はやはり僕の顔は見ないまま、手だけをついっと僕の方に差し出して、それを僕に返した。

僕が受け取ると、彼はもう一度、ん〜と少し声を出しながら体を起こし、そのままベンチを立って、屋根の下から出て行った。

たった今、とても居心地よさそうに僕のすぐ横にいた彼が、すーっと僕から離れて行った。

それはとても象徴的で、僕は取り返しのつかない何かを、今、失ったのがわかった。なんでこんな愚かなことをしてしまったのだろう。

毎月必ず一回は、いっしょに遊ぶことを約束します、なんて。

でも、そんな馬鹿馬鹿しい誓いが、僕は欲しかった。彼なら、平気でサインしてくれるのではないかと期待していた。

それがもらえたら、僕はもう、与えられないかもしれない「次」を待ち焦がれながら、それが与えられない寂しさに震えないでいられると思った。その安心が欲しかったし、彼ならいつもの真っ直ぐな言い方で、当たり前のように、いいよ、と応えてくれるような気がしていた。そしたら、僕はそれだけを頼りに、悲しい思いばっかりの毎日だって乗り越えていける。そう思った。

でも、彼はたった今まであんなに寛いで僕の前で胸を開いてくれていたのに、急に肩を閉じて僕から離れて行った。

ああ、なんて馬鹿なんだろう。

いつだって、嬉しいことはいつまでも僕のそばにいてくれたりはしないのに、わかっているのに、なんで僕はそれをわざわざ失うようなことをしてしまうのだろう。

また逆戻りだ。

せっかく手に入れたたった一人の友達なのに、やっぱりこいつ、変な奴だと、田島君は感じたんだろう。

返された紙きれを、くしゃくしゃに丸めて、ばらばらに引きちぎって捨ててしまいたかった。けれど、それでは、僕が、彼の拒絶に対してわがままな怒りを表明しているみたいだと思った。僕の怒りは、とんまで馬鹿で惨めな自分に対して向けられているのに。

でも、そんなこと、いちいち説明なんて出来ない。

僕は、その紙を、折り目なんか無視して、適当に丸めてポケットにしまった。そして、

「ごめん。」

と、やっとそれだけを言った。

でも、僕の声は、喉に絡んで、すぐそこにいる彼にもうまく聞こえていなかったかもしれない。

彼は振り向いて、こう言った。

「もうやめときなよ、そんなこと。余計に嫌われちゃうよ。」

それは、これまでの田島君が、決して僕にぶつけなかった種類の言葉だった。

そして、僕の記憶は、そこでぷっつりと途切れる。

それまでの彼とのやり取り、彼の表情、声音まで、すべてはっきりと、何もかも思い浮かべられるのに、その後の様子は、何も覚えていない。ただ、それから先、何度も何度も繰り返しただろう自分の溜息なら、僕はきっと、今も同じ深さでつくことが出来る。

それから小学校の卒業まで四か月、僕が彼の家に行くことは二度となかった。誘われることもなかったのだと思う。あれば、覚えているはずだから。

もちろん、彼のことだから、僕を無視したりすることはなかった。教室の周辺では、前と同じように時々言葉を交わしていたと思う。

でも、それ以上のことはなかった。

それは、僕が前のように彼に心を開くことをしなくなったからかもしれない。

僕は、彼のそばにまとわりついてはいけないのだと思っていた。

いや、嘘だ。

彼のそばにいたがって、決定的な彼の僕に対する嫌悪感を感じ取ることを怖がっていた。

楽しかった記憶を太書きの黒いマジックで上から塗り潰してしまうのがいやだった。

僕には唯一の、楽しい思い出だったのだ。

今はもうなくなっていてもいいから、それがあったことは自分の心の中に大事に残しておきたかった。

僕は以前のように彼に話しかけられて、いくらか言葉をやり取りしても、自分からその会話を切り上げるようにして彼から離れていた。

いつもならもう一言二言交わしていたのに、教室を移動する時にも、部屋にたどり着く少し前ですっと身を離した。

ポケットに入れた誓約書を取り出してしまう前に離れなくてはいけないと学習したみたいに。

また遊びに行ってもいい？　と、訊いてしまいたくなる前に。

卒業式も含めて、その後に起こった出来事を、僕は何一つ覚えていない。何も変わらない毎日がただ続いたのだろう。田島君の登場以来、僕に対する周りの子たちの行動は激化することもなかった。決して止むこともなかったはずだけれど。

具体的にどんなことがあったと覚えていないのは、それが、僕にとってはただの日常となっていたからだろう。

例の図書館新聞の原稿の依頼も、二度と口にされることはなかった。

僕は、僕の存在が司書の先生を傷つけたのだと感じていた。

彼女はその後も図書館にいる僕に声をかけてくれていたけれど、僕の方が、微かに身を引いて数センチだけ後ずさるみたいな、そんな心持ちで接するようになった。

そういう微妙な変化というのは、人はとても敏感に感じ取る。

彼女が、下手に近づいて僕を踏みつけてはいけないと怖れるようになっているのも、僕は感じていた。

僕はそれでいいのだと思った。

田島君と同じだ。近づき過ぎたら、僕は人を不快にさせてしまうのだ。

決して、相手を不快にさせたくないという正義感からじゃない。不快にさせられた人は、そうさせた相手を嫌う。僕は、せっかく自分に親切にしてくれた人から嫌われたくなかった。そうして、大事に取っておいたほんの短い幸せな時間の記憶が、手のひらから零れ落ちてしまうのが悲しかった。

もっとたくさん、と望むことは駄目なんだ。少しもらったら、それでいい。あとは離れておくのがいいんだ。

本当は、僕はもう一度、一年前に棚上げになったあの原稿を書かないかと、先生に言ってもらいたかった。

そうしたら、少しはにかみながら、今度はうんと言おうと、心に準備をしていた。

でも、実際には、話しかけてくれる彼女から、一刻も早く離れたがっているように僕はふるまった。

僕は、改めて他人に近づくことを避けるようになった。いくらか親しくなっても、あまり相手を身近に感じるところまでは近寄ってはいけないのだと、まるで最後の一歩のその先に、相手が僕を跳ね返すシールドが張られているみたいに、それに触れて体に電気が走る痛みを味わう前に身を引くみたいに、距離を保った。

それは、中学に入っても、ずっと続いた。

僕は、あの夏の日々、あの秋の公園の午前に田島君と話したみたいには、二度と人と話すことが出来なくなった。


中学校は、地元の三つの小学校の出身者が集まる、一学年に八クラスもある大きな学校だった。都会の街の通勤圏内として、戸建ての家が立ち並ぶちょっとした団地帯が無数に造成されるようになって、ちょうど僕らの三、四歳上の学年から、一気に子供が増えていた。

同じ小学校から来た子たちは、中学生になっても同じように僕を軽んじた。

でも、そこには転校前に僕がいた小学校の出身者もいて、その中には僕を覚えていてくれる子もいた。

僕はもう、小学校の転校当初のように馬鹿なおどけ方をしたりはしなかった。

風呂上がりの自分の体から匂う石鹸の香りを喜ぶようなことも覚えていた。

でも、歯は相変わらず磨かないから、どの歯も黄色く、指で触るとぬるぬるとしていた。口臭はひどかったろう。小学校では歯磨き指導があったし、中学に入っても歯科検診のたびに歯を磨けと言われたが、なんせ家の中に歯ブラシというものが一本もないのだから、僕は、そういうことは、僕のうちとは違う家では普通にあることなのだろうが、うちはそれとは別の世界なのだと、疑うこともなく思い込んでいた。靴を履く時には靴下を履くものよと、改めて個別に、あなただって例外じゃないのよ、そうしなさい、と教えられなければ、いつまでも裸足で靴を履いているようなものだった。

そんな感じで、僕は、社会生活の基本がいくらか欠損していながら、小学校の頃よりはだいぶましな、普通の子供に近い子になっていた。身だしなみにも、いくらか気を付けていた。だから、廊下を歩いていても教室のドアが閉じられていくことはもうなかったし、クラスの子とも会話したし、新たな友達も出来ていった。

でも、やっぱり何かの班決めの時には、最後に残る子の一人になってはいた。まず最初に二、三人のグループが出来る。次にそれが他と合体してグループになる、そんな感じで班は決まっていくものだが、僕はその最初の二、三人の仲間が作れなかった。いくらか仲の良い子がいても、決して自分から、一緒になろうとは言えなかった。言ってみて、相手が、え？ と、敬遠の素振りをしたらどうしようかと、ただそれが怖かった。

友達って何だろう。

僕がそんな気でいても、相手はそうじゃなかったら惨めだ。新しい環境の中で、再びそんな悲しい気持ちの中に沈み込んでいくのは嫌だった。

でも、それを怖れていたら、結局、いつも僕は最後に取り残される二、三人の内に含まれていた。

そして、悲しいことに、そんなことが繰り返されるうちに、僕にはやっぱり、友達もいない、軽く扱っていい奴というポジションが与えられていった。

ずっと後になって、これは僕が大学生の時なのだけれど、学食の券売機の前で何を注文しようかと迷っていたら、突然、通りすがりに僕の尻を膝でひどく蹴り上げていった奴がいた。驚いて振り向くと、そいつは素知らぬ顔で既に二、三メートル先を歩いていた。捕まらぬように逃げるでもなく、平然と。

僕はキツネにつままれたような気分で、彼の背中を見ていた。状況から見て、犯人はそいつに間違いないのだ。でも、僕は彼の顔に見覚えもなく、どこかで関わったことがあったようにも思えなかった。

ところが、数日後、また同じことが起こった。

僕の尻はひどく蹴り上げられ、随分と痛かった。振り返ると、また同じ奴がいた。今回は、横にもう一人仲間がいた。

その仲間の男も、少し驚いているようだった。

そりゃそうだろう。僕も自分の友人が、通りすがりに何の罪もない人をしこたま蹴飛ばして平然と通り過ぎて行ったら、驚くに違いない。それは、冗談とか、軽いご挨拶という程度のものではなかったのだ。

彼は、え、なんでそんなひどいことをするの、という表情で隣の男を見ていた。

すると、僕を蹴飛ばしたそいつは、こう言った。

「あいつ、中学同じでさ。あの顔見ると、腹立つんだよ。」

その言葉は、わざと僕に聞かせるように、やけに大きな声で話された。

僕は、ただ立ち尽くして、そいつを見ていた。横の男は、少し気の毒そうに僕を見ていた。

僕は追いかけて、ふざけるな、馬鹿野郎と食って掛かることが出来なかった。

怖かった。理不尽な暴力を振るう奴に、正義の言葉なんて、何の役にも立たない。

そんなことは身に染みてよく知っている。騒ぎになれば、僕は、何が起こったのかと見守る見知らぬ同窓生たちの前で、簡単に返り討ちに遭って余計に惨めな思いをするのが落ちだろう。

それに、……。

僕にはまったく見覚えがなかったら、そいつは同じ中学にいたとしても、僕とクラスが同じになったことがあったわけでもないはずだった。そして、そんな彼を不快にさせるような言動を僕がしたことなどあるはずがなかった。

だから、彼はただ、僕を、みんなから見下されている奴として覚えていたに過ぎないのだろう。

その日は、何か嫌なことがあって苛立っていたのか。もしかしたら、もっと上の大学を目指していたのに受からなくて、この大学に来たのかもしれない。その同じ大学に僕がいて、あんな奴と同列かよと、彼の挫折感と劣等感が刺激されたのかもしれない。

いずれにせよ、僕は彼にとって、苛立った彼の気持ちのはけ口として行きずりに尻を蹴り上げて憂さ晴らしに使ってもいい人間だった。そういうことなのだろう。

僕は、彼のそんな姿を見て、十四、五歳の時に口を利いたこともない人間に対して勝手に抱いた、妄想のような邪悪な優越感や支配感を、二十歳になっても執念深く変わらず持ち続けていて、何の恥じらいもなく暴行を加えられる人間というやつに、呆然としていた。

何歳になっても、こういう奴はいる。いや、きっとたくさんいるのだ。あの頃、何の罪もない僕の頭を、休み時間のたびにポカポカと叩きながら通り過ぎて楽しんでいた大勢の子供たちみたいに。

悲しいことに、苦しかったあの頃から時間的にも状況的にも随分隔たった今も、そんな風にして、過去の自分を思い出すことは、なくなることはない。見知らぬ同級生が相手ではなくても、似たような人間を見るたびに、似たような扱いを受けるたびに、すっかりかさぶたも剝がれて傷跡すら見えなくなったところから、突然血が湧きだす。そしてその血は、なかなか乾いてくれないから厄介なのだった。

僕は、高校の国語の教師になった。

そんな僕は、たまに、

「人間が嫌いなんです。」

と口にすることがある。

どういうことか、それだけはきっぱりと言える。

同僚や先輩教師は呆れて言う。

「人間が嫌いで、なんで教師になんかなったんだよ。」

ん〜、でも、誰だって、自分が苦手なものは嫌いでしょう。

さすがにそこまでは、口に出さない。

「でも、ほんと、嫌いなんですよ。」

と、ただそう繰り返す。

「じゃ、なんで教師になったの。」

重ねて訊かれると。

「国語を教えたかったんです。」

と、答える。文学は嘘をつかないから、とは、やはり言わない。

「なんか、不思議だね、それ。嫌いなのに、教えたいんだ。」

「不思議なんですよね。」

でもね、生徒は可愛いんですよ。

特に、心弱い子を見るとほっとするんです。

田島君のように、正義感の強い子を見ると、嬉しくなるんです。


とにかく、中学に入っても、僕は寂しかった。

孤独っていうのは、冷たいんだって、知ってる？　授業中でも、ふと、寂しいなぁと感じてしまうと、背中の真ん中を氷の塊がすぅっと縦に流れて行ったみたいに、冷たいものが走るんだ。

そんなこと、僕は他の人に話したことはないし、君にはそんな経験があるかと訊けるような場面に出くわしたこともない。

でも、僕はしょっちゅうそれを感じていた。

そして、「一人きりって、比喩じゃなくて、ほんとに冷たいんだ。」と、そのたびに思っていた。

そして、こんな冷たさ、みんな感じたことなんてあるんだろうか。ないだろうな、きっと。そう思う。

すると、氷は改めてもう一度、すっと僕の背中を落ちていく。

ほんとうに、その冷たさにぞくっと震える。

悲しいなぁ。

僕は、そう心で呟いた。

泣き言を言うまで、冷たい塊はずっとその場所に居座っているような気がした。

こらえている弱音を吐けば少しは楽になるように思うのだけれど、実際には、その言葉が更に自分の心を冷やした。

本を読むのは、相変わらず好きだった。中学に入っても、僕は部活動には入らなかった。

入ったって、どうせ虐げられる場所が教室以外にもう一つ増えるだけだ。おまけに上級生までそこには加わってくる。

担任の先生は、基本的に全員が入ることになっているのだと随分説得してきて、運動が苦手なら文化部でもいいんだぞと勧めたりもしたけれど、文化系の部活動は女子の割合が多く、それは僕にとってはより一層苦痛に感じられた。

そのうちに、話している僕の目から涙がぽろりとこぼれるのを見て、先生はやっと諦めてくれた。

「そんなに嫌か。じゃぁ、仕方がないな。」

と言ってくれたその一言は、僕にはとても嬉しかった。

そうして出来た自由な時間を、僕はずっと本を読んで過ごした。

乱歩の子供向けの作品はすべて読み終わり、ルパンやホームズにも手を出していたけれど、十三歳の僕には、もう、少しかったるい気がしていた。

そこで、もっと大人向けに書かれた乱歩の他の作品を探して読むようになった。

ただ、そんなものは中学の図書館にもなかったので、僕は自転車で片道一時間くらいかかる場所にある、モールの一角を占めた広大な売り場を持つ書店まで行った。

中学に入って行動範囲が飛躍的に伸びたのは、僕には大きなことだった。

そこまで行くと、同じ中学の生徒に出くわすこともほとんどなかった。

相変わらず毎月のこづかいのお金などもらえてはいなかったが、例の使わずに貯めていたお年玉のお金が結構あった。そもそも、僕には使い道などなかったのだから。

それでも、それさえ、気がつくと僕の机の引き出しからなくなっていることもあった。父親が持って行ったのだとわかっていた。けれども、どうせ使わないのだからと、僕はあまり気にしていなかった。

　本を買うようになってから、僕はそのお金の置き場所を変えた。机の上に置かれた辞書の決まったページに挟んでおいた。

　生まれて初めて、自分のお金でレジでお金を払って買う文庫本は、僕には宝物のように思えた。

「カバーは、どういたしましょう。」

　若々しい店員さんが、とても丁寧に訊いてくれた。けれども、僕にはその問いかけの意味がわからず、戸惑いながら二度、「え？」と聞き直した。

　店員さんは男の人だった。らちのあかない僕に焦れることもなく、彼は、

「これ、こうやって付けとこうか。」

と、優しく笑って、カバーをかけるしぐさをしてみせてくれた。まるで自分の兄が、そうして僕を導いてくれているみたいな柔らかな目だった。その笑顔は、今も僕の記憶にはっきりと残っている。

「あ、お願いします。」

　この子、初めて自分で本を買うんだって、ばれちゃったろうか。そんなことを思って、僕は少し取り乱していた。体中の血が一気に顔に駆け上ってきているような感じ

だった。傍目にはきっと、いじらしいくらいに真っ赤な顔をして、本が渡されるのを待っていたんだと思う。

店員さんは、そんな僕をいたわるように、ゆっくりと、カバーのはめられた本を僕に差し出してくれた。

僕はぴょこんとお辞儀をして、それを受け取った。

初めての経験って、とても素敵だ。すごく照れ臭くて、すごく恥ずかしかったけれど、今思い出してもその時の自分のわくわくした気持ちが甦る。

そして、後日、二度目の買い物の時に同じことを尋ねられて、今度は当たり前のように、平然と、

「お願いします。」

と、答えている自分が、やけに大人びた気がして誇らしかった感覚も、僕はしっかりと覚えている。

本にかかわる楽しい思い出は、小さなことでも、全然忘れない。田島君に乱歩の小説について一生懸命に話していたことも、話した中身は何も覚えていないのに、その時の自分の気持ちの高揚感はしっかり覚えている。

そのうち、買ってきた本が増えて、雑多な小物の物置きの台と化しているだけの机の本棚に辛うじて並べ始めると、母親がそれはどうしたのかと聞いた。残してあった

お年玉を使って買ったと言うと、ふうん、とだけ言って去って行ったが、並べるだけでは追いつかなくなり、平積みしていくようになると、「お金がなくなると可哀想だから。」と、たまに千円札を渡してくれるようになった。

　僕は、へぇ、そんなことがうちでも起こるんだ、と驚いてた。僕が中学生になったからだろうかと、そんな風に思ったりもした。

　それでも、毎回惹かれる本を全部を買っていたらお金が尽きる。その頃の僕の読み方と言ったら、物凄い勢いだったから。

　親からの援助にしても、それほど期待出来るとは思えなかった。

　そんな時、夏休み前の図書館ガイダンスで、県立図書館にどんな本があるのかがここからでも検索出来るし、読みたい本があれば無料で取り寄せることも出来る、ということを教えられた。僕は小躍りした。物凄い情報を手に入れたと思った。

　その日の放課後は、図書館の検索用パソコンにずっと張り付いて、この先に読みたい本と書籍番号を大量にメモし、手始めにそのうちの二冊を取り寄せてもらうことにした。

　司書さんは、

「わぁ、説明したその日に、こうやってちゃんと使ってくれる人がいると、すっごく嬉しいなぁ。」

と、こちらも嬉しくなるほど喜びながら手続きをしてくれた。

いつも土砂降りの雨の中にいたような僕の生活は、そんな風にして、時々晴れ間を見せるように落ち着いた時間を僕に与えるようになった。

そして、これまでの誰からも相手にされない毎日が、僕に身に付けさせていたこともあった。

中学生になるまで、クラスの誰かがやらなくてはならない仕事は、だいたい僕のところに回ってきていた。学校の所在する地域の一斉清掃に学校からも参加する、ついては各クラスから一人ずつ代表を出して欲しい、とか、そんなやつだったり、学園祭の時の体育館の椅子運び要員だったり。

くじ引きで決める時も、当たった子が僕の持つはずれくじと、当然のように交換していったりした。当たり前のように、「はい」と言って手渡ししていくのだ。じゃんけんならば、一度出した手を変えて僕を負けさせたり。

でも、僕は平気だった。

そんな汚いことも僕が相手だと平気でされてしまうことは惨めだったけれど、そもそも、人が避けたがるめんどくさい仕事をするのは、僕は嫌じゃなかった。

本を読み始めてから、だったかもしれない。僕は、良いことがしたいと思うようになっていた。

でも、僕はどんくさくて、器用じゃなくて、運動神経は悪いし頭もよくなかった。人からは信用されないし、どこに出かけても邪魔者みたいにしか扱われなかった。

そんな僕には、あてがわれた誰でも出来る仕事を、嫌がらずに熱心にするだけでよい、そういう役割は、実はとても安心して取り組むことが出来るので、好きだった。

誰かがしなくてはならないことは価値があることで、その価値のあることを自分がしているというのが、僕は嬉しかった。

僕は、自分が存在していることに、何の価値も感じられていなかったから。

中学に入って、誰も手を挙げないそんな仕事があると、僕は率先して引き受けた。そうすると周りから、何を張り切ってるんだと、こそこそと笑う声も聞こえたが、構わなかった。

笑われることには慣れていた。

黒板は誰よりも美しく消した。

ごみ箱のそばにごみが落ちていると拾って捨てた。

除草作業の最後に、みんなが片付けも適当に去って行ってしまうと、係でもないのに、担当の子を手伝って最後まで残った。

点数を稼ぐ気などなかった。僕がどんなに良いことをしても、そんなの先生は見ちゃいないんだという確信が僕にはあった。ただ、僕はしたいからそれをしていた。

そうすると、僕は真面目な奴だという認識がクラスには広まっていったようだった。だからといって尊敬されたわけでもなかったし、親しみを持たれている感じもしなかったけれど、中一の三学期、クラスの投票で僕が学級委員に選ばれた。

僕は、物凄く嬉しかった。思わず笑顔が込み上げてきて、それから放課になるまで、ずっとにこにこしていた。横にいた子が、そんなに嬉しいの、と訊いたくらいだ。

その日は母親が帰宅するとすぐに駆け寄って、「学級委員に選ばれたっ。」と報告した。

聞いた母親も、喜んだと思う。

この人にとっても自慢かな、と思うと、僕は更に嬉しい気がした。

けれど、次の日、その喜びも、悲しく消えた。

学級委員は、授業の初めに、毎回号令をかけることになっている。起立、礼、という、あれだ。一時間目、僕は緊張しながら、生まれて初めてかけるその号令の声を発した。それに合わせてクラスのみんなが立って、お辞儀をする。もう、小学校の悪夢は消えたのだと思った。友達はいないけれど、少なくとも僕は、認められ出したんだと思った。けれども、午後になると、僕が号令をかける一瞬前に、誰かが、起立、と叫んだ。みんな立ち上がった。次には違う者が礼、と言った。あちこちからくすくす笑う声が聞こえた。

僕は、また以前のように、衆目の前で晒し者になったような気がした。

次の時間、僕は言い遅れるまいと必死になって、先生が教壇に立った瞬間に号令を叫んだ。けれども、それより一瞬早く、別のところから起立っ、という声が響いた。

僕は意地になって頑張ったのに、タッチの差で負けた。

みんなはそれが面白いようで、前の時間よりもあからさまな笑い声が聞こえてきた。

そして、僕はもう、礼、とは言わなかった。

みんな、僕をからかって学級委員にしたんだとわかった。

授業が始まって、目に涙が溢れてきた。

でも、泣いていると気づかれたくなかった。気づかれたら、もっと面白がられるのだと思った。

僕は、ただうつむいて、手のひらで涙をぬぐい取って、ズボンの膝に擦り付けた。

そして、次の日から、僕は号令をかけなくなった。

ただ、毎回誰かが声を出すわけではなかったから、先生が前に立ってから、変な間が空いた時だけ、僕がした。それにしたって、変な間を空けて、仕方がないから僕がやろうと声を出した瞬間に、別の者が先を取るような意地の悪いこともよくあった。

そうして、僕は、まぁ、人間なんてこんなもんだよなと、また他人を諦めていった。

いや、僕自身を、諦めていった。

後のことは覚えていないから、多分、三学期の間は、そんなことが続いたのだと思う。

二年生になって、クラス替えがあった。僕を学級委員に選ぶような悪趣味なことは、もうされなかった。

役員決めの時、僕は初めて委員に立候補した。

いつもは余りものにあてはめられるだけだった。僕なんかは、主張してはいけないのだと思っていた。

でも、言ってみようと思った。図書委員だった。

昼休みと放課後に貸出係としてカウンターに座る役だ。

僕は、みんなに見下されているかもしれないけれど、もう小学校の頃みたいに不潔な生き物みたいには扱われていないように思った。だったら、カウンターに僕が座っていても、本を借りたい子が僕がいるせいで近寄れないということも起きないだろうと思った。僕は、いつもそんなことを怖れてばかりいたんだ。

カウンターの当番は、二年生の委員が務めることになっていた。一、三年生は、蔵書点検の時に駆り出されるくらいだった。それでも、クラスが多いから、僕が担当するのは週に二度だったけれど、それは僕には楽しみな日になった。

僕は、自分が担当ではなくても、よく図書館に出入りするようになった。

そして、いつも書店でそうしていたように、あてもなく書棚の間を歩き回り、そこにある本を引き出してはその概要を読んで楽しんでいた。

そして、担当者が忘れていてこない日には代わりにカウンターに入ったし、こんな本を探していると誰かが司書さんに尋ねると、先生がパソコンで検索して見つけ出す前に、僕が書棚に向かって持参してきたりした。

そんな時に、野村君の方が早いね、と司書の先生に笑顔で感謝されると、僕は自分が有能な執事にでもなったみたいな気分で気持ち良かった。

カウンターの当番は、常に二人で担当した。

僕が担当したのは昼休みが一度、放課後が一度で、昼休みの相棒の子はさぼりがちで、滅多にやって来なかった。

放課後の方は、逆にとても落ち着いた真面目な子で、口数は少ないけれど、誰に対しても警戒心を持たない子だった。きっと、頭の良い両親のいる家庭で、大事にされてきた子なのだろうなと僕は思っていた。

そういう子の前では、僕は何も話せなくなった。お坊ちゃまと召使いみたいな感じで、生来のその垣根は乗り越えてはいけないような気がしているのだった。

いつもそんな感じだ。結局、僕は誰にも近寄ってはいけないように感じていた。傷つけられないように、傷つかないように。あるいは、何故僕や僕の家はあんななんだろうと、切なくならないように。

その子は、林君といった。

当番の時は、二人でカウンターに座って貸出返却の手続きをするのだが、僕らはあまり言葉を交わすことはなかった。仲良し同士で委員になった女の子などは、その相手と一緒の時間の当番になって、担当時間をずっとおしゃべりしていたりもしていたけれど、僕は自分が図書館で本を読む時には、その止まらない話し声がとても邪魔だったから、自分が当番の時には、カウンターに本を持ち込んで、作業のない時はずっとそれを読んでいた。

思えば、昼休みの相棒の子が来なくなったのは、僕のせいだったのかもしれなかった。その子も男子だったけれど、彼には読書する趣味はなさそうで、何も話さず本に向き合い続ける僕の横で、とても居心地悪そうにしていた。

彼にしてみれば、僕は、なんだこいつ、陰気臭い、って、そんな感じだったのかもしれない。そんな奴と並んで、週に一度、二十分間じっと座っていないといけないのは、彼には苦痛だったろう。

で、林君はというと、横で僕が一人の殻に閉じこもっていても、僕との間に壁を作るような感じがまったくなかった。

言うなら、ただ、そっとしておいてくれた。

そして、彼自身は、組んだ両手に顎を乗せてぼうっとしていたり、書棚から適当な本を引き出してきて、僕と同じようにページを開いて眺めていたりした。そして、時々、席を外す時には、「トイレ行ってくる。」とか、奥の書棚を指して、「ちょっと向こう行ってくる。」とか、必ず一言かけて行った。

礼儀正しい、育ちの良い子だなぁと、僕は感心していた。

それでも、そういった事務連絡みたいなやり取り以外には、僕らはほとんど話すことは無かった。僕の側がそれを望んでいないという雰囲気を、僕が醸し出していたのだと思う。

それが、あることをきっかけに、変わった。

その日、僕はトイレの掃除当番に当たっていた。男女混合の班で、男子は三人だった。監督の先生は、滅多に見にこないいい加減な人で、ただ掃除の初めに班員の名前を書いたカードを僕らが持って行って、「これから始めます。」というのを聞くだけだった。

「後で見に行って、いい加減なら来週やり直しだからな。」

と言うのだけれど、どんなに適当に済ませてもやり直させられた班はないのだった。

だから、ただ水をまいただけで、「はい、終わり。」と宣言して早々に部活に向かう子や、そもそも初めから来もしない子もいた。もちろん、全員が、丁寧に作業する気持ちの良い班もある。

でも、僕の班の他の二人は、僕がカードを持って行って、「全員いるか」という問いかけに「はい。」と答えてアリバイ作りだけをしたら、毎回ほとんど何もせずに、「じゃ、行こか。」と声を掛け合って去って行った。お前、残ってやるんやろ、じゃ、頼むわ。そんな感じだった。

でも、僕は、それで構わなかった。

きれいにする気なんか感じられない適当なやり方しかしない二人の姿を前にして便器を擦っているよりは、一人でのんびり作業する方が楽しかった。どうせ、僕には部活動もないんだし。

よし、今日は水だけじゃなくて、洗剤もまいて思い切りきれいにしてやろう。

気分が乗った時には、トイレ中をそうしてデッキブラシで擦って泡だらけにしたりした。そうして掃除した後は、汚らしく黒ずんでいたタイルが微かに白っぽくなったように感じられて、うん、きれいになったと、僕は一人でほくそ笑んだりしていた。

その日も、そうして洗剤をまいて、これから床全体を泡立てようとしていた。そこに、ドアが開いて、林君が入ってきた。

「あ、ごめんなさい。今、洗剤まいてしまったので、滑るから気を付けて下さい。

使ってくれていいですから。」

僕は、そう言いながら、この子に、こんなにたくさんの言葉を語り掛けるの、初めてだなと思っていた。林君は、

「野村君、一人でしてるの。」

と訊いた。

「うん。」

僕は答えたけれど、後の二人は卑怯にも僕一人に押し付けてさぼって帰ったと告げ口するようなことはしたくなかった。押し付けて帰ったのはそうだけれど、僕だって、適当にやって帰っておけばよかったのだし。

「あんまり汚かったから、ちょっと思い切りきれいにしてやろうと思って。構わないから使っていいですからね。」

僕は、彼を見ていることにならないように、背中を向けて、先に奥の個室に入ってそこにブラシをかけ始めた。すると、林君は、用を足した後、道具入れから同じようにブラシを取り出して隣の個室の掃除を始めた。

「え、なんで。」

「一緒にするよ。僕もきれいにするの、好きやから。」

「いや、いいえ、そんなの。大丈夫だから。こんなの、慣れてますから。」

すると、彼は、その言葉尻を捕らえた。

「え、いつも一人なの。」

僕は少し動転した。彼らを非難しようとしたわけではないんだ。

「いや、ほんと、大丈夫ですから。僕が勝手に、したくてしてるので。」

彼は、賢い子だと思った。僕が、なぜ慌てて弁解するように言うのか、すぐに感じたようだった。

「じゃ、一緒にするよ。」

そう言って、力を込めてブラシを動かし始めた。

僕らは二人、それから、図書館の当番をする時のように、一言もしゃべらず、ただひたすら床だけを見つめて、一心にそこを磨き続けた。仲間がいると、何だか僕の手にはいつもよりもぐっと力が入るような気がした。最後は、二人して作り上げた泡の海に盛大にホースで水を流した。

デッキブラシを倉庫に片付け、ホースを流し場に収めて、林君は入り口辺りから全体を眺め、満足げに、

「だいぶ、白くなったよね、これ。」

と言った。僕もそう思った。

「うん。」

今日はひと際頑張ったしな。そんな満足感もあった。

「じゃ。」

林君は、そう言って、そのまま去って行った。まるで、さっきここに入ってきて、ただ用だけ足してそのまま出て行ったみたいな、そんな感じだった。

「へぇ。」

彼の去ったトイレに立って、僕は思わず声が出た。

林君って、こういう子だったんだ。清々しい行動力に、感心していた。

ところで、気づいたよね。

僕の話し方はおかしかった。

例の田島君の一件があったからなのか、中学に入ってしばらくしてからだったように思うけれど、それがいつから始まったのか、僕自身にもわからない。

僕は、同級生と話す時にも、ですます調で話すようになっていた。

自分でもおかしな気はしていたのだけれど、直すことが出来なかった。というか、他にどんな話し方をしたらいいのか、わからなくなっていた。

やけに気さくな話し方をしたら、お前にそんな口の利き方をされたくない、同列に並べるなと叱られそうな気がして、うまくため口で話すことが出来なかった。

中学生同士の普通の話し方がわからない。そんなの、毎日みんなが目の前で交わしているように、同じように会話したらいいのに、いざ、自分の口から同じ言葉を出そうとしても、適切な言葉遣いというのがどういう言葉なのか、怖くて、照れ臭くて、自信がなくて、思い浮かばなかった。

で、結局、誰に対しても丁寧語で話すようになっていた。

それは、読み親しんだ乱歩の言葉だった。子供向けシリーズの乱歩は、いつもですます調で、美しい日本語で語った。その美しい言葉なら、僕はきっと誰も不愉快にすることはないだろう、誰にも嫌われることはないだろうと感じていたのかもしれない。

僕は自分から話しかけることは出来ないし、誰かから話しかけられる機会は追い払うようにしていたくせに、誰かと友達になりたかったし、誰かに好かれたかった。

でも、何よりも、誰かに嫌われることと、誰かに蔑まれることが苦しかった。

そこからなるべく離れていようとした時に、一番安全なのが、そんな話し方なのだと、僕はいつの間にかたどり着いたようだった。

意識してそんな話し方をしていたわけではなかったのに、入ってはいけない虎の穴を避けるうちに、最後に残った安全な場所がそこだった。

僕は暗い穴の出口付近に座って、出て行きたい外の明るみを見つめていた。そこにいれば、日の光はいくらか僕にも降り注いだ。目の前を通りかかる他人と、簡単な会話を交わすことも出来た。それは、じめじめとして自分の手先も見えないような洞窟の奥に身を縮めているよりは、ずっと温かな場所だった。

でも、僕は、そこから更に一歩、外に足を踏み出すことは出来なかった。いや、本当は何度かそれを試してみたことはあったけれど、その度にその足先は、即座に誰かにひどく踏みつけられたりして、僕は慌てて前よりも少し奥まで身を戻していた。

迂闊に他人の話の輪に入って行って、はん？　と完璧な拒絶の表情に迎えられたり。

そんな時の惨めさは、僕の胸にはひどく痛かった。

おはよう、ありがとう。

僕はそれ以上のことは言わない方がいいみたいだ。

誰に対してならもっと気さくに話していいのか、その見分けも出来なかった。

僕はいつも恐る恐る話して、それでも何度か足先を踏まれて、つつかれたヤドカリみたいに首を縮めた。

僕には友達はいないんだなぁと、その度に溜息をついた。やっぱり、駄目かぁ。それでも、諦めることに慣れるのは難しくて、僕は何度も近寄って行って、何度も悲しんだ。学習能力がないんだよなぁ。

その度に、自分を責めた。

そんな僕に、林君との共同作業の時間は、とても楽しかった。そんな風に他人と繋がれたことに、まだ自分が心安らげながら居られる場所があるのかもしれないと、そんなことを、妄想だよなとは感じながら、ちょっとだけ期待しながら思い浮かべたりした。

　でも、ここで調子に乗ってもっと多くのものを求めたりなどしてはいけないのだと、自分を戒めてもいた。手に入れた宝物を、自分の手で潰してしまうのは、田島君とのことで懲りていた。

　あんなことは、もう二度と嫌だった。田島君とは、中学では一度も同じクラスにならなかった。彼はテニス部に入って、いつも日焼けしていて、随分と力強い印象の子になっていた。

　電車と天体に惹かれる、人気の少ない朝の公園が好きな子の顔は、そこには感じられない。

　でも、たまに学校のどこかで出くわすと、まったく変わらない笑顔で、「久しぶり。元気？」などと声をかけてきてくれた。

　僕はそんな彼の顔を見ると、とても心安らいだ。

　目を輝かせて星の話をしていた彼の姿を思い出す。僕は、自分と話す時にそんな目をしていてくれる人がいたことが嬉しかった。

　その子が、普通によく知った相手にするようにそんな風に話しかけてくれる。

　僕は、「うん。ありがとう。」と答える。

そうして別れる。

もう少し話していたいけれど、僕にはどう話していいかわからない。

そこを間違えたら、僕は廊下でそんな風に温かに言葉を交わせる唯一の相手を失ってしまうかもしれない。

僕は、彼との繋がりを大事にしたかった。

それには、多くを望まない方がいい。

その週の図書館当番は終わっていたので、次に林君と顔を合わせるのは、翌週になった。

僕はその日が楽しみだった。彼と一緒だったら、横に座っているだけでほっとするような気がした。

何も話さなくていい。僕はただそんな時間を楽しみたかった。あの時、彼は僕と共にいることが心地良さげだった。思い切り誤解かもしれないけれど、それでもそんな風に感じられたことが、僕には嬉しかった。

その日は、僕が先に図書館に入ってカウンターに座った。

それに林君はほんの少しだけ遅れてやって来た。

僕はいつも、そんな時も黙っていて、彼もそんな僕に調子を合わせているのか、同じように黙ってカウンターにある担当者用の少し腰の高い椅子に座るのだった。これは、座る部分がくるくると回転するようになっていて、座る時も少し飛び上がるようにしないとうまく乗れない。そのどちらも、僕にはちょっとかっこよく感じられて、気持ちいいのだった。

この日は、林君がひょいと椅子に腰を乗せた瞬間くらいに、僕はくるりと自分の体を彼の方に向け、

「この前はありがとう。」

と言った。

「ううん。大丈夫。」

彼は、僕の方をちらりと見たくらいで、それだけを言いながら鞄を探り、数学のテキストとノートを取り出して、カウンターの上で開いた。今日は宿題でも始めようという様子だった。

僕も、そのまま前を向いて、いつものように本を取り出してそこに目を落とした。すると、少ししたら、林君はまったくこちらを見ないまま、ノートに何かの図形を書き写しつつ、

「いつもあんなに頑張ってトイレ掃除してるの。」

と、訊いた。

僕はびっくりして彼の方を見た。

そんな、何でもない会話、というのを、そこで彼と交わしたことは一度もなかったから。

「頑張って?」

どの点を指してそう言うのかと思った。

「泡大会。」

そう言って彼はこちらを見た。

自分の言ったその言い回しが、楽しそうだった。

僕も、少し笑った。

あの日は、相棒が出来たことで調子に乗って、洗剤もいつもよりもたくさんまいて、明らかに不必要なほどの泡で床一面を覆わせていた。

「ああ。」

それを思い出したら、また少し楽しさが甦った。

そう、あれは掃除ではなくて、遊んでいたよな。

「いつもはあんなにはしないです。あの日は、……」

ちょっと言葉を選んだ。どんな風に表現したら、林君は喜ぶだろう。

「ちょっと、はしゃいでました。」

正しく言えた気がした。

林君は、ふふ、と、ほんとに少し鼻から音を出して笑った。

「野村君ってさ、本を読むのが好きだから、独特の言い方をするんだね。」

「独特？」

やっぱり、ですます調って、変かな。

「はしゃいでた、とか。」

少し、ほっとした。

「普通じゃない？　それって。」

「う〜ん、どうかな。言いそうで言わないっていうか、なんか、表現の仕方が、お洒落だよね。」

お洒落。僕が。

「そうかな。」

「うん。」

彼は、またノートの取り組みに集中した。そして、少しすると、やはり全然こちらを向きもしないで、言った。

「二組に、桜井っていう子がいるでしょ。」

二組は僕のクラスだ。誰がその子なのか、僕にはまだ区別がつかなかったけれど、その名の子はいた。

あまり周りに目を向けないし多くも話さないので、六月近くなっていてもまだ、僕はそんな感じなのだった。

夏を過ぎても、同じクラスの男子でも、顔と名前が一致しないことが多かった。

この中に太田という子がいるはずだよな、とそこまでは知っていても、どの子がその太田君なのかはわからない。そんな感じだった。

「いい子だよ。去年同じクラスだったけど、桜井君も似たようないい奴だから、きっと仲良くなれると思う。」

「そうなんですか。」

「うん。いっぺん話してみて。きっと気が合うから。あの子も、真面目な子、好きだから。」

そうして話してみると、林君というのは、不思議な子だった。

何だか、物語の中に出てくるみたいな、僕らが住んでいる街よりもずっと都会の子の雰囲気があって。

だって、中学生同士でそんな風に友達を紹介するなんて、僕は実世界で見たこともなかった。

それはまるで、外国の物語の中の一場面みたいだ。

「桜井君にも言っておくから。」

「うん。ありがとう。」

僕は本当は、それを喜んでいいのか、わからないでいた。

林君は、何か大きな勘違いをしているようだった。

僕は、そんな、誰かの良い友達になれるような、そんな人間ではないのに。

どこを見てそう思ったのかはわからないけれど、一緒に戯れるようにトイレで泡祭りをしたからって、そんなことだけで、何でこの子はそんな早計な判断をするんだろうと思った。

そんな間違いを犯す子のようには感じられないのに。

わからない。なんで、この子はそんな風に言ってくれるんだ。

僕は、正直に言った。

「でも、僕、変な奴ですよ。どんくさいし。」

客観的に言えば、そうなるはずだ。

主観的にも、……。やはりそんな気がする。

そして、友達なんて、一人もいない。誰とも、うまくいかない。

林君は何と言うだろう。僕は、答えを待った。彼は、こう言った。

「そうかな。」

彼のそんな否定の仕方が、どんな言い回しよりもきっぱりと否定してくれたように聞こえて、僕は嬉しかった。

　でも、大いなる誤解だよな、とは思っていた。

　有難いけれど、そんな誤解は、あっという間に解けてしまうだろうなとも思った。

　でも、こんなやり取りをきっかけに、僕らは週に一度そこに並んで座る時、いろいろと会話をするようになった。

　時には僕が勉強を教えたりもした。

　自分でもびっくりしたのだけれど、僕は国語以外にも、数学と理科の一部が得意になっているようだった。

　その代わり、英語と社会はさっぱりだった。

　どうやら、暗記することは極端に苦手で、公式などを応用して問題を解くのはうまく出来るようだった。

　林君は、時々僕に数学の質問をするようになり、嬉しいことに、そのだいたいに僕はちゃんと答えられた。

「ここは、こうするでしょう。そうなると、こうなるでしょう。」

「わぁ、すげぇ。」

　そんな風にやり取りしている時は、僕はまた、自分がここでは普通の子みたいだなと感じて、ほっとした。

現実はすぐに裏切るし、長くは続かないに決まっているけれど、時にはこんなことが、起こるようになったんだなと、僕は思っていた。

十分幸せかな。そう思っていた。

林君のあの話以来、僕は桜井君とはどの子なのだろうと意識するようになった。けれども、ちょうど教室の反対の側に彼の席があり、おまけに僕の方が前寄りだったので、あまり彼の様子をうかがうことは出来なかった。

まさか、休み時間に振り返ってじろじろと彼を観察することも出来ない。

それでも、彼が明るい性格の優しい感じの子で、よく声をあげて笑う子なのはわかった。

林君は、彼に僕のことを話しておくと言ったけれど、桜井君が僕に関心を向けている感じはまったくなかった。

いったいなんて言ったんだろうな。まぁ、一度話してみてごらんよと、そんな感じだろうか。

でも、林君は知らないけれど、僕はクラスの中ではっきりと見下されているような人間なんだから、そんな風に勧められても、実際に近寄ってみる気にもならないだろうに。

でも、仕方がないか。

彼はあんな純粋な感じの子だから、そんなこと、予想もしないんだろうな。

でも、その林君が薦める桜井君は、実際によく知ってみたらどんな子なんだろう。

本当に友達になれるようには全然思わなかったけれど、桜井君に対するそんな関心は、僕の中にはずっとあり続けた。

その彼と言葉を交わす機会は、何でもなく訪れた。

ある日、職員室の前を通りかかると、偶然そこに、桜井君が大量の冊子を両手に抱えて出てきたのだった。

それはもう今にも崩れ落ちそうで、僕は思わず駆け寄って彼を助けた。

「わぁ、ありがとう。助かった。」

と、彼はとても嬉しそうに笑った。

「半分持ちます。」

「ありがとう。」

僕は黙って彼と共に教室に向かった。

そう言えば、今朝、学習係に、昼休みに荷物を取りに来るようにと担任が言っていた。係は三、四人いたはずだけれど。

「むっちゃ助かったぁ。一人で持てます、とか、言って持った瞬間、後悔してた。」

「これ、一人は無理だよ。」

「うん。無理だった。」

ははは。ふふ。僕らは笑い交わしながら歩いた。そうしながら、僕は、既に自分の中に、彼に対する不思議な親近感が出来上がっていることを感じていた。

でも、僕はそれ以上何も話さなかった。

誰かと一緒に一つのことをしている感覚だけで、僕には楽しかった。

その日の放課後、帰ろうとしたところに桜井君がやって来て、一緒に帰ろう、と言った。

誰かにそんなことを言われるのは、あの、二年前の夏以来だった。

そしてあの時と同じように、僕は少しためらった。

僕なんかと仲良くしてるようにみんなに思われてもいいの？

僕は同級生から笑われた彼が僕から離れて行くのを感じるのはいやだった。

ないことには慣れているからいい。

でも、なくなるのは、そのないことを改めて辛く感じるから、勘弁して欲しかった。

でも、断ることも出来なかった。

なんで、と訊かれて返せる言葉など、あるわけもなかった。

生徒用の出入り口を出て、桜井君が訊いた。

「うち、どこ」

「小山里」

「それ、どっち。」

「校門を出て左。東の方。」

「じゃ、多分途中まで一緒に行ける。行こ。」

　彼は教室と同じように、明るい声で話した。そう、こんなやり取りを、二年前、田島君ともしたな。あの時も、僕はとても嬉しかったんだと、僕はその記憶を重ね合わせた。

「ごめんね、林君から聞いてたけどさ。席離れてるし、何か照れ臭くって話しかけられんかった。」

　照れ臭い？

　僕なんかに話しかけるのが？

「林君、なんて言ってました。」

「野村君って、すっごくいい子だから、話してみなよって。絶対に仲良くなれるよって。」

　彼の言い方はやけに勢い込んでいて、熱意に溢れていて、僕は聞きながら、絶対に林君はそんな風には言わないと思うけど、と心で呟いていた。

　でも、そんな遠慮なしの誇張が、桜井君の人柄を表しているようで、僕は、君の方が、多分、すっごくいい子なんだろうなと心の中で呟いていた。

「ありがとう。」

僕はそう言ってから、あれ、その返事は何か変だよな、と感じた。

でも、僕の本音がそうだった。林君にも桜井君にも感謝したい気分だった。

彼らと接していると、優しい気分になれた。

「桜井君は、部活はないの。」

「バレー部に入ってたけど、なんか雰囲気が合わなくて、一年の終わりに辞めた。先輩がなんか感じ悪くって。」

こんな子でも、そういうことがあるんだな。

「別のことは始めないんですか。」

「うん。今更やし。一年生と一緒に新入部員になるのもさ。僕、勉強あんまりやから、塾、頑張ろうと思って。」

「へぇ。」

「でも、絶対にがり勉には成れへんのよなぁ～。俺、林君みたいに賢くないしさぁ～。」

声を伸ばして話す話し方が、風のように気持ちがよかった。

確かに、都会的な林君とは少しタイプが違った。

桜井君は、もっとずっと素朴な感じだった。

でも、前の年に同じクラスで、二人が仲が良かったというのは、とてもよくわかる気がした。

二人とも、自分の周りに全然囲いがなかった。僕ですらも、入って行けるくらい。

結局、僕らが一緒に歩けたのは十分ほどで、そこから先は彼の家は正反対の方角にあるのだった。

「今度、僕のうちに遊びに来ん？」

別れ際に、彼はそう誘ってくれた。

それから、僕は毎週のように彼の家に遊びに行くようになった。僕のうちは彼を誘えるような家じゃなかったから。

行ってみたいと彼は何度か言ったけれど、僕は正直に、恥ずかしいから招待出来ないと断り続けた。

彼の家では、もっぱらゲームをして遊んだ。彼はとてもうまくて、いろんな機種のゲーム機を持っていて、いろんなゲームソフトがボックスに並べてあった。僕は、そういうものは一切持っていなかったから、全部一から彼に教わった。なかなか上達しない僕に彼は根気よく丁寧に教えてくれたけれど、全然相手になれるレベルまでいかなかったので、そのうち、もっぱら僕が彼の熟練した技を眺めさせてもらって、ひたすら横で感心しているようになった。でも、僕はそれで十分に楽しかった。

ある時は、僕が頻繁に通ったあの大きな書店まで彼と自転車で向かった。

いつも、どんなことしてるの、どっか行ったりしないの、と彼が訊いたからだ。

「大きな書店まで行って、延々時間を潰してます。」

「え、うそ、あんな遠くまで行くの。」

「そう。すっごく大きいから、店の中を歩いてるといろんな面白い本があって飽きないんです。」

「へぇ、そこ、行ったことない。行ってみたい。」

「すごく遠いですよ。」

「全然、大丈夫。」


書店までは、彼の家からだと自転車で一時間半近くかかった。

僕は一度彼の家まで迎えに行って、そこから二人で一緒に向かった。彼の家と書店とは逆方向にあったから、行程としては、一度僕の住む町辺りまで戻って、そこを通り過ぎて更に一時間、という感じだった。それでも彼は、そんな距離を全然気にかけてはいなかった。

よく晴れた日で気持ちよかったけれど、途中で喉が渇いて、コンビニに寄った。僕はお茶を、彼はオレンジジュースを手に取った。

僕は籠を取ってきて自分のお茶を入れ、彼も入れるように促した。

「ジュース、おごります。」

そう言うと、桜井君は驚いた。

「なんで。」

「いや、今日はお金持ってきたから。大丈夫。」

「自分で払うよ。」

そう言うと、彼はさっさとレジに向かって行った。僕は籠を元の場所に返し、後に続いた。

僕の中に、少しぎこちない気分が残った。

そして、二人並んで店の前でそれを立ったまま飲んだ。ごくごくごくと勢いよく飲んで、彼は、ふいぃぃ〜と、気持ちよさそうな声を上げた。

「うまーい。」

僕の中にあった今しがたの拒絶された気持ちの陰りは、すっと消えた。ほっと安心した。

書店に着くと、彼は驚いていた。

「このモール、あっちの方の店には何回も来たけど、この本屋には入ったことなかった。無茶苦茶でかいんや。」

「うん。歩いてると、何時間でもいられます。」

「え。僕はそんな長時間、無理だよ。」

「大丈夫。今日は一人じゃないから、そんなこと、しないです。」

僕は右手を軽く振って笑った。

「よし、じゃ、探検しよ。案内して。」

「はい。」

そうして、彼とあちこちの書棚を探索して回った。

ただ、桜井君は小説のエリアにはまったく興味がなくて、早々に漫画のコーナーにたどり着くと、そこに張り付いてしまった。

でも、楽しそうだからいいや、と僕は思った。

そして、実は僕にはこの日、ある計画があった。

「ちょっと、僕は向こうの方を見てくるね。」

と声をかけて、僕は文庫本の並ぶ書棚の方に向かった。

桜井君は、並ぶ漫画の背表紙を追いながら、一瞬だけこちらを見て、うん、と言った。

僕は、心に決めていた一冊の本を探した。

それは、僕が大好きな、あの江戸川乱歩の短編を集めたものだった。

Ｄ坂の殺人事件、二銭銅貨、心理試験。とりわけ僕が気に入っている作品ばかりが収められている一冊を、僕は今日の記念に桜井君に贈ろうと思っていた。

僕が照れ臭がりながら付けてもらったこの店のブックカバーがはめられた一冊を、彼が持ち歩いてくれたら、どんなにお洒落に見えるだろうかと思った。

僕は、それをレジに持って行き、お金を払って、桜井君の待つ場所に戻った。

彼は僕の手元を見て、

「あ、何か買ってきたんや。」

と言った。

「うん。あの、これ、桜井君にあげます。」

一緒にここに来た記念に。と、そう続けようとしたけれど、それは言えなかった。

僕がそれを言う前に、彼が即座に、

「なんで。」

と言ったからだ。

そして、僕の回答を待つこともなく、

「そんなの、おかしいやん。何ですぐに物をくれようとするの。」

と言ったからだ。

予想外の言葉だった。

僕はただ、親しく付き合いたかった。

自分にとって、相手が特別に大切な存在なのだということを、僕の行動から伝えたいと思った。

何かをあげるなんて、あまりにも原始的な方法なのかもしれないけれど、僕には他のことは何も思いつかなかった。

僕はただ、下を向いて、

「ごめんなさい。」

ということしか出来なかった。

桜井君も、それ以上は何も言わなかった。

「帰りましょうか。」

僕の方から、そう言った。こんなはずではなかったのに、僕がすることは、いつも、どこかおかしいのだった。

「うん。」

そう言って彼も棚を離れた。

帰りの道のりは、遠かった。

僕の家の近くで、僕らは別れた。

「野村君の家って、ここから近いの。」

彼はそう訊いた。

「うん。」

とだけ僕は答えた。

お互いに自転車に乗ったまま、しばらくそこに立っていた。

じゃぁ、と別れの言葉を交わしてから、最後に彼が言った。

「ごめんな。僕、そんなに気にしてないから。」

「うん。」

信じたいその言葉を、でも、信じていいのかはわからなかった。

じゃ、と、彼は帰途に向かった。もちろん、一度も振り返らなかった。

それっきり、彼は僕を家に誘うことはなくなった。

僕から彼に話しかけることは、もともとほとんどなかったけれど、朝顔を合わせれば、おはようと声をかけることはしていた。

でも、それもなくなった。

そのうち、教室で僕が他の子たちの仲間にうまく入れないでいると、彼は、それを見て馬鹿にするような嫌な笑い方までするようになった。

彼が、裏表がなく素直な子で、いつも楽しげに笑う子なのはよくわかっていたから、そんな素振りを見ると余計に悲しくなった。

それが彼の本音で、彼のような子にまでそんな態度をさせてしまう自分という人間が、本当に薄汚い存在であるような気がした。

でも、一方で思った。

僕は、そんな、何か悪いことをしただろうか。彼を傷つけるような、何かひどいことをしたろうか。

結局、僕は誰にも近寄らない方がいい。自分もその度に悲しい思いをすることになるし、誰かに嫌な思いをさせることになる。

誰だって、見たくないものを見たら不快になる。当然だ。

だから、僕など、本当はどこにもいない方がいい。

また、背中を氷が走った。一日中。

結局はこうなるのだなぁ。自業自得なんだけれども。
二、三週間経ったくらいだろうか。随分してから、図書館のカウンターで、横に座る林君が言った。
彼とは、桜井君との決別以来、あまり話さなくなっていた。僕はなるべく、彼にも近寄らないようにと心掛けていて、カウンターを離れて書棚を回る時間が多くなっていた。はっきりと、林君と話すのを避けていた。

それでも、ずっと離れているわけにもいかない。

「桜井君と何かあったの。」

不意に彼がそう尋ねた。

僕は言葉を探した。でも、何も言えなかった。

事実を正直に語れるだけの聡明さも勇気も、僕にはなかった。

林君の前で、惨めな自分を晒したくなかった。

随分黙った後に、僕は、

「桜井君、何か言ってました。」

と尋ねた。

なるべく悲しそうに聞こえないように、言ったつもりだった。

「うん。すっごいいい友達が出来たって、最初は喜んでたよ。」

最初は。

「でも、最近は結構ひどいことも言うから。」

「ひどいこと。」

「うん。」

「どんなですか。」

林君も、嘘は言いたくない子だった。

「なんか、変なんやって。意味もなくジュースとか本とかおごろうとしたりして、気持ちが悪いとか。」

　突き刺さった。

「ほんとにそんなことしたの。」

林君は、信じられない、という感じだった。

僕を誤解していたのだろうかと、思っているのだろうな。

「うん。」

僕は素直に認めた。

「それから、自分の家に来てても、自分がゲームしてるのを何もしないでずっと黙って見てるだけで不気味だとか。逆に自分は何回も家に誘ったのに、一緒に野村君のうちの近所にまで来てても、絶対に家を教えてくれないとか。」

全部事実だった。

全部何も気にしないで受け入れてくれているのだと思っていた。

「そんなひどいこと言う子じゃないからさ、あの子。何かあったのかなって。」

僕は声が出なかった。

何度も首を横に振った。

彼は何も悪くない。彼に似合わないひどい言葉を口にさせているのは、僕の方なのだから。

　そして、桜井君を悪者にしては駄目だと思った。僕が黙っていたら、まるで僕が悪口を言われた被害者みたいじゃないか。

「全部、本当ですから。」

　林君は、黙って聞いていた。

　僕はなるべく平然とした顔をして、しっかり彼の方を見て言った。

　僕は、そんなくだらない、気持ちが悪い、不気味な奴なんだ。だから、彼に薦めちゃいけなかったんだよ。

「本当のことですから。」

　もう一度言い、そして、前を向いて、本を読み始めた。

「そっか。」

　林君は、何かを納得したみたいだった。何をか、わからないけれど。

　そして、すまなそうに謝った。

「なんか、余計なことしちゃったね、僕。ごめんね。」

　本当にそうだよ、と、僕は心の中で呟いた。

　図書館当番の委員は、希望者が多いクラスでは、学期ごとに交代して回すこともあった。

林君のクラスもそうで、二学期から、別の子に変わった。

家の中は、相変わらずの様子だった。

父親は、家にあるはずのお金がなくなっていると、しょっちゅう怒鳴って母親を叩いたり蹴飛ばしたりしていた。

何を言っとるの、いろんな支払いだってしないとあかんのやからね、と母親はヒステリックに言い返した。

でも、聞いている僕だって、そんなに頻繁に、我が家にとっては大きな金額の支払いがあるわけがないのはわかっていた。

時には、この子の学校の集金もいろいろあるし、とか言った。

そんなものは、ここ最近一つもなかった。

いったいこの人は何にお金を使っているのだろうと思ったけれど、どうでもいいからあまり考えなかった。

いずれこの家は破滅するのかもしれないけれど、なるようにしかならないと思っていた。

僕は無力なのだから。父親は父親で、外に親しい女の人がいるようだった。自分で見たのか、他人の噂を聞いたのか、母親がそんなことを言って、罵ることが何度かあった。

あんたみたいな男のどこがいいんか知らんけど、女がおるんやろ、そいつのとこに行くんやろ。休日や夜遅くに出て行く父親に、母親がそう吐き捨てていた。

父親はいつもそれを平気で聞き流して出て行った。

残った母親は、煙草を何本か吸い、外に出て行くと、ビールの入ったコンビニの袋を提げて帰ってきて、だらだらと飲みながら下品な笑い声が続くテレビを見ていた。

彼女が見ている番組は、いつもそんなのばっかりだった。

弱い人や嫌がる人に惨めなことをさせて、哀れにのたうち回る姿を見てみんなで笑うのだ。

僕は、それを見ている母親を見ているのが嫌だった。

それを見て笑っていれば、自分がまだこの世の最底辺の人間ではないと思えるのだろうかと思った。

けれども、僕の目には、彼女こそがこの世の最低の場所にいる人のように映っていた。

クラスでは、誰も口を利いてくれない、というわけではなかった。

通りすがりにわざと机の上の物を払い落とされるようなこともなくなっていたし、からかいの声を浴びせられることもなかった。

けれども、何でもない瞬間に自分が他の子よりも軽んじられていると感じることはよくあった。

廊下を歩いていると、本当にたまにだけれど、誰かに尻を蹴飛ばされることもあった。

振り返ったところで、そこを歩く人の誰がしたのかなんてわからないし、やった方も、何の罪も感じずに平然としているのだろうから、僕は後ろを見もしなかった。

ただ、またも背中を流れていく氷の塊だけを、ああ、冷たいなぁと感じているだけだった。


三年生になって、僕はまた図書館の委員になった。

すると司書の先生の推薦で、委員長をすることになった。

僕は、目立つことになってもいいことなんて何一つ無いからいやだと随分頑張って拒んだが、許してもらえなかった。

やけに押しの強い人で、最後は、「あなたがやるの。」と、説得ではなくて、宣言されてしまった。

あなたよりふさわしい人はいないでしょう、と言われれば、僕自身も納得するしかなかった。

僕はこの図書館に置かれている本について、誰よりもよく知っている自信はあった。

この時、僕が自分で驚いたのは、委員長になって目立ってもろくなことはないと分かっていても、別にそれで嫌な思いをするのだったらそれでもいいやと、最終的にはそう思えたことだった。

溜息の回数が増えるだけじゃないか。大したことではない、と。

そして、司書の先生は、やたらと、委員長さんお願い、と、僕を肩書で呼んで、僕に雑用をさせた。

新刊図書のステッカー貼り、ブッカー貼り、返却遅延者への督促状書き、どんどん届く読書奨励ポスターの整理。結局、放課後は僕は毎日のように図書館にいて、カウンターより、奥にある先生控室で、時折、司書の先生と、もう一人いる年配の社会の先生の質問に答える形で会話しながら過ごしていた。

そのうち、カウンターの子が困り事があって奥を覗いた時、司書の先生がいなければ僕が対応するようになった。

僕はもういろんなことを熟知していて、そこの主みたいになっていたので、先生がいなくても困ることはなくなっていた。

夏休みの前は、感想文の宿題もあって、貸出が一気に増える。カウンターも大忙しになるし、探している本についての質問も多かった。

でも、そんな時こそ僕の出番で、僕は自分でもほれぼれするくらいにそれらのことに正確に答え、てきぱきと対処し、何だか混乱していたカウンター近辺をあっという間に整理して行ったりした。

ある時、それを見ていた二年生の当番の女の子二人組が、すごーい、と感嘆の声を上げた。

なんで、それ、全部わかるんですか。全部頭の中に入ってるんですか。わぁ、なんか、かっこいい。

かっこいい？

僕はきょとんとしてしまった。

何を言ってるんだろう、この子たちは。なにか、どこかのお店に行って、その辺の商品を手に取って、どれもこれも、わぁこれかっこいい、と歓声を上げながらはしゃいでいる女子を見ているみたいだった。

中身なんかどうでもよくて、はしゃぎたいだけ。

箸が転んでもなんとかって。そんな感じに思っていた。

その子たちは、次に会った時には、二人揃ってやって来て、にこにこしながら、

「私たち、先輩のファンなんです。」

と言った。

そして、以来、蔵書の質問があると、司書の先生にも聞かず、パソコンで調べもせず、すぐに僕に聞きにくるようになった。

僕は、その手の勘違いが晴れてしまった時の反動が嫌なので、あまり彼女たちの相手はしたくなかったが。それでも尋ねられたことに答えないわけにもいかず、そうなると一通りのことは覚えているから、すらすらと口をついて出てきた。

ああ、それは人気があるから、追加して計四冊入っていますが、全部貸出中で、今、リクエスト待ちが確か三人いたと思います。だから、すぐには手に入らないけど、リクエストしておいたら、十日くらいで最後の一冊も返ってくると思いますから、それでもよかったらそうして、って言って下さい。貸出の延長よりリクエストの方が優先されますから、待てるならそれがいいですって。……そんな感じで。

三年生で同じクラスになった加古《かこ》サンと佐々木君と遠藤君のグループと知り合ったのも、そんなことがきっかけだった。

僕は、クラス替えがあっても、いつもと同じように周りの人とはあまり話さないでいた。

閉じこもっている方が楽だったし、結局はそれが一番悲しい思いを少なく出来る方法だと学んでいた。

それに三年生になるとみんないくらか受験を意識し始めていて、先生の口にすることもそんな話が多くなっていた。

そうすると、みんな今までよりもずっと、僕に無関心でいてくれているようだった。構っている場合じゃない、という感じだった。そんなこともあって、僕は、それまでは控えていたけれど、その春から、教室で堂々と本を読むようになった。

そうしていても、少なくとも邪魔する者はいなかった。

あいつ、ほんと孤独だよなぁと、こっそりと言う声くらいは聞こえたけれど、そのくらいのことなら何でもなかった。

読んでいる本を跳ね飛ばされたり、ページに大量のお茶を流されたりさえしなければ。

三年生で初めて一緒になった加古サンたちは、いつも揃って行動する三人組だった。

加古君のことだけは、何故かみんな加古サンと呼んでいた。

彼は陽気な人気者で、文化祭では二年生の時からステージに上がって漫才をしてみせるような子だった。

楽しいことが好きで、いつもクラスの雰囲気を盛り上げる役、それでいて自分だけが目立ちたがるのではなくて、いつもみんなに気配りをしているそんな人だから、みんな特別に愛着を持って加古サンと呼ぶのかなと、僕は思っていた。

ちょうど夏休み前の授業の時間に、英語の先生が自分が最近読んでよかったと思う本について、結構熱っぽく語った後だった。

伊藤というその先生は、生徒からとても人気があり、加古サンも、話を聞いて是非それを読んでみたいと思ったようだった。

それで図書館に探しに来たのだけれど、僕は彼らがそれまでここにやって来たのを一度も見たことがなかった。

図書館に来ると彼らは入り口のあたりでうろちょろしていた。誰に何をどう聞いたらいいのかわからないようだった。

奥に先生がいれば聞きやすかったろうけれど、あいにく、司書の先生ももう一人の先生も部屋にいなかった。

僕は、近寄って行って訊いた。

「何か探しているんですか。」

加古サンは、取り敢えず見知った人間が助け舟を出してくれたことでほっとしたようだった。

「ああ。この前、伊藤先生が紹介してた本、あったやん。あれって、どこかにある。」

「借りたいんですか。」

「うん。」

「ちょっと待って。」

奥の部屋に入って確認してみた。

そして、改めて彼のところに行って伝えた。

「伊藤先生の希望で注文したのが届いてるんですが、まだ登録が済んでいないんです。よかったら、リクエストを書いて出しておいてもらえますか。そうしたら、まだ他にリクエストは出てないみたいだから、一番に読んでもらえると思います。」

それを聞くと、加古サンは軽くガッツポーズをした。本当に嬉しそうだった。

「やったっ。むっちゃくちゃ嬉しい。わぁ、いてくれて助かったぁ。ありがと。」

あんまり元気にはしゃぐので、僕は、何だか、プレゼントを渡した時のサンタクロースみたいないい気持ちになった。

「リクエストの書き方、わかりますか。」

「わからんっ。」

僕は、彼が何故人気者なのか、改めてよくわかる気がした。何というか、人を幸せに出来るタイプの子なんだなと思った。

「ラッキーやったやん。」

と、一緒に来た子が言った。

それが佐々木という子なのは、後で知った。

僕は同じクラスの男子の名前も、相変わらずろくすっぽ覚えていなかった。まぁ、加古サンくらいはさすがにわかったけれど。

　そして、この子が言うラッキーなのは、本が手に入ることを言うのか、僕がここにいたことを指しているのか、どっちなんだろうなと思ったりした。それもまぁ、どちらでもよかったんだけれど。

　カウンターに案内して、リクエスト票、つまり貸出予約のカードの書き方を教えて、書きあがったものを受け取った。

「司書の先生の出張がなかったら明日には出来ますから、貸し出せるようになったら、僕が連絡しますね。」

「サンキュ。お願いします。」

　加古サンは、とても丁寧にそう言った。

「はい。」

　そして、三人は去って行き、二日後、僕は教室で加古サンのところに行って、伝えた。

「この間の本ですが、お待たせしました。もう借りられるから、いつでも図書館に来て下さい。今日の放課後なら、僕もいます。」

　加古サンは、

「ああ、絶対今日行く。野村君がいなかったら、俺、緊張してあかん。」

と大きな声で言った。いつでも元気な子だなと、僕は思った。

「では、お待ちしています。」

にっこりと笑った。

同級生を相手に、そんな風に気持ちよく微笑めたのは、いつ以来だろうと思った。ちょっと、気持ちよかった。

放課後、僕は本を用意して、彼が来るのを待ち構えていた。僕が手渡しして、彼が嬉しそうにするのを見たかった。

彼は、今回はそんなにはしゃがなかった。ただ受け取って、ありがとう、とだけ言って去った。

僕はちょっと拍子抜けがしてしまった。

彼から遊びに誘われたのは、夏休みに入ってすぐにあった保護者面談の時だった。

廊下の椅子に座って順番を待っていると、僕の二人前が加古サンだった。

お母さんと共に出てきた彼は、そのまま一緒に帰ろうとして、思い返したようにすぐに戻ってきた。

次の子と保護者は既に教室に入り、僕の母親はまだ来ていなかった。

「あのさ。」

引き返してきた加古サンに話しかけられて、僕はきょとんとした。何の用事があるんだろう。

「明日、映画行かん？」

「映画。」

「うん。ワンピース。ささっくんと、えんちゃんで行くんやけど、よかったら。」

「僕と？」

「うん。」

「何で。」

すごく、素朴な疑問だった。

「誘おうと思ったから。急やけど。どう。」

何でだろう。僕は、全然迷わなかった。

「行きます。」

「おっしゃ。」

加古サンはまた、あの、小さなガッツポーズをした。

「イオンの映画館で九時半。いい？」

「うん。」

「じゃ。」

言いながら、彼はもうお母さんを追いかけていた。

友達に映画に誘われるなんて初めてのことだった。しかも、彼は嵐のように僕を巻き込んで、気が付くと僕は、いつもの警戒心を発動する間もなく同意していた。

でも、全然怖くなかった。

不思議な感じだった。

翌日、僕は少しどきどきしながら出かけて行った。

加古サンとも大した会話は交わしてはいなかったが、佐々木君と遠藤君とは、本当に一言も話したことがなかった。

それでも、不思議なくらいに警戒心がなかった。

図書館で、加古サンのあのガッツポーズを見て、横で楽しそうにしていた二人の笑顔は、何だか信じられるような気持ちでいた。

そして、実際に、二人ともいい人たちだった。

映画館のフリースペースで落ち合って、僕がおはようと言うと、二人も同じように、まるで前からずっとそうして仲良くしていた者同士みたいに、おはようと返してくれた。

映画を見て、フードコートで食事をして、無印良品の店と文具売り場と靴売り場を四人でふらふらとしているうちに、あっという間に一日は終わった。

行動は終始、加古サンを中心に動くのだけれど、彼は必ず最後は、どうする？　とささっくんや、えんちゃんや、時には僕に、決断を委ねた。

佐々木君も遠藤君も、時には、「それより、先にこっちに行ってからにしない？」と提案して、加古サンは必ずその通りにした。

楽しい一日だった。

加古サンがなんで誘ってくれたのかはわからないけれど。

そして、佐々木君や遠藤君が、何故こんなに自然に僕を仲間に入れてくれるのかも、わからなかったけれど。

その日、じゃあ、じゃあ、と言葉を交わして解散する時、僕は、三人に、ありがとうと言いたかった。一日、僕を加えてくれて、ほんとうにありがとうと。

でも、あまりにもみんな自然に別れて行くので、それを言い出すタイミングを見つけられなかった。

別れかけた時、加古サンが言った。

「あのさ、俺ら三人で時々勉強会してるんやけどさ。一緒にやらん。」

「僕が。」

「うん。うちでやってるんやけどさ。そんなに遠くないやん、野村の家から。」

僕が住んでいる場所は、その日のやり取りの中で話してあった。

「いいの。」

「いいよな。」

彼は後の二人の顔を見た。

「いいよ。」

「全然ＯＫ。」

加古サンは、僕を見た。

「来る？」

答えは、自然と口をついて出た。

「うん。」

その日、僕は帰りに自転車で加古サンの家まで案内してもらってから帰った。

そして、二日後の十時に行くという約束をした。

三人は同じ塾に通っていた。そこの授業が午後の二時から始まるので、それまでは塾にも近い加古サンの家に集まって勉強しているのだった。

彼は一人っ子で、両親は共に働いていた。

家は二階建てで、一階には広い部屋があり、そこに六人がけのテーブルがあった。

僕らは、そこにテキストを広げて勉強をした。

塾は土曜日と、他に平日に二日あった。それ以外の日も集まることはあって、時には勉強なんかしないで一日みんなで交代にゲームをして遊んで過ごしたりした。

僕は、ずっと、何でそこに自分が加えられているのかわからないまま、彼らと一緒にいられる時間を楽しんでいた。

もっぱら三人の会話を聞いているだけなのだけれど、それで浮いてしまうようなことも無かった。

三人とも、時折僕に話題を振り、時折同意を求めた。

僕は短く答え、話はそのまま先に続いて行った。そんなでも、三人は、僕を邪魔に思うようなそぶりはまったくしなかった。

夏の終わり、後の二人がまだ来なくて、加古サンと二人きりだった時に、僕は思い切って聞いてみた。

「加古サン。」

「ん？」

「何で僕を誘ってくれたんですか。」

「それ、理由、要るか。」

「……要らないけど、知りたいです。」

加古サンは少し考えるようにした。

けれども、答える前に、相次いで佐々木君と遠藤君が到着した。

それぞれ、いつもの自分の定位置に座って、そろそろと勉強の準備を始める中、手を動かしたまま、加古サンが言った。

「えとさ、野村君の呼び方、そろそろ考えへん。」

「呼び方。」

遠藤君が訊いた。

みんなテキストを出したり、ノートを広げたりしながら話した。

「佐々木君はささっくんやし、遠藤君はえんちゃんやし、野村君だけ、野村君って変やん。」

「そうやなぁ。」

佐々木君が、のんびりとそう言った。

「何がいい。」

加古サンが僕に訊いた。

「え。」

「候補は二つあるんやけど。」

「もう、あるんや。」

遠藤君が笑った。

「うん。のむさん、か、優斗。」

聞いて、佐々木君がテーブルの上でがくっとこけた。

「のむさん。まんまやん。」

そんな名前の野球の監督がいることは、僕でも知っていた。

「却下。」

「じゃ、優斗。決まり。」

加古サンが宣言した。

佐々木君と遠藤君は、揃って、了解、の合図に両手の親指を立てて見せた。

それがこんな時の三人の決まった意思の示し方のようだった。

四人はそのまま、いつものように勉強を始めた。

始まると、しばらくはみんなお互いの邪魔をしないように自分のことに没頭するのだった。結構みんな、真面目にやっていたんだ。

けれど、この時は、みんなが黙って少しすると、加古サンが手を動かしながら言った。

「さっき、優斗がさぁ。」

みんな、ちらっと顔を上げた。

「何で仲間に誘ったたんかって訊いたんやけどさぁ。」

僕は少しどきっとした。

あとの二人には、あまり聞かれたくなかった。

「優斗がいい奴だからに決まってるよなぁ。」

加古サンは顔も上げずにそう言った。僕はどこかに逃げ出したかった。

「うん。」

と、佐々木君が小さく言って、勉強に戻った。

遠藤君は、黙って二、三度、首をリズムに乗せるように軽快に縦に振った。視界の端にそれを見て、加古サンが、

「よしっ。」

と言って、小さくガッツポーズをした。

僕は、とても嬉しかったはずなのだけれど、逆にこの時また、背中に冷たいものが走るのを感じた。

僕には相変わらず、どうしてこの三人が僕を迎え入れてくれるのかが分からなかった。

何を勘違いして、僕をいい奴だなんて思ってくれるのか。

どうせじきに、自分たちの早とちりに気が付くのに違いない。

いつかこの幸せなテーブルを囲む空間も失うことになるのだろう。

嬉しいけれど切ないなと、僕は、悲しみを先取りして体から力が抜けていくのを感じた。

喜んじゃいけない。そううまくいくはずがない。

それでも、僕は二学期から、母親に頼み込んで、三人と同じ塾に入れてもらうことにした。

それはこの日、塾に向かう三人を僕が見送って別れる時に、遠藤君が、

「優斗も同じ塾に来れたらいいのにな。」

と言ったからだ。

それを聞いて、佐々木君が、

「ほんとやなぁ。」

と言ったからだ。そして、加えて、

「塾でも一緒にやれたらいいのになぁ。」

と、言ってくれたからだった。

僕には、どうしてそんな風に言ってもらえるのか、やっぱり全然、分からなかったけれど、去って行く三人は、置いて行かれる僕を何度も振り返って、その度に手を振ってくれた。

ほんとうに、何度も。僕は、厚かましく、さっきの言葉を信じてみようかなと思った。

え、あれ、真に受けたの。そんな風に言われるのではないかと、嫌な夢を何度も見

ながら。

でも、実際には、彼らはそんな僕の申し出を、いつものガッツポーズと、親指立てポーズで迎えてくれた。

そして、僕は、受験が終わるまで、その塾に通い続けた。

夏休みが終わり二学期になると、塾は平日に三日、プラス土曜日ということになった。

土曜の午前の加古サンの家での勉強会は、受験の直前までずっと続いていた。みんな、卒業の日までは一緒にいたいと思っているようだった。

僕も、勉強中にふと顔を上げて、横に座るえんちゃん、向かい側に座るささっくんと加古サンの姿を見ると、胸がきゅんとしたりした。

学校では、僕を除く三人が一緒に行動することが多かった。僕は、たまにそこに加わった。

三人とも、僕が自分の席で自分にこもって本を読んでいても疎遠にはならないでいてくれた。

基本、そっとしておいてくれた。

たまに加古サンが横に来て、

「ほんと、本が好きなんやなぁ。」

と、呆れながら僕を眺めていたりした。

えんちゃんは、

「優斗、国語の先生目指したら。絶対、いけると思う。」

と言った。

ささっくんは、

「たまにはもっとしゃべれ。俺、優斗のしゃべり方のファンだから。」

と言ったりした。

そう、しゃべり方と言えば、僕のですますは、ずっと、まったく変わらなかった。

そのことを、加古サンが一度僕に訊いた。

「優斗はなんでそういうしゃべり方をすんの。」

「たぶん、怖いから。」

「怖い。」

「人と話すのが、怖いから。」

加古サンには、何でも正直に話せるような気がした。

「俺たちでも？」

「染みついてて、うまく使い分けが出来ないんだと思います。」

「ふうん。」

それ以上は、何も言わなかった。

結局、高校は、加古サンとえんちゃんが同じところに、僕とささっくんはそれぞれ別々の高校に進むことになった。

僕はその時初めて、卒業して友達と別れるのが寂しいと思った。

小学校時代、超肥満体にまで膨れ上がっていた僕の体は、中二の半ばくらいから、どんどん細くなっていた。

身長がぐいぐいと伸びていったのに、体重は減っていった。まるでうどんの生地を引っ張って伸ばすみたいだった。

高校に入る頃には、僕の身長は一七〇センチ、体重は五七キロ。近所のおじさんが、久しぶりに僕を見た時に、

「あれ、お前、いつの間に普通の人間になったんや。」

と言った、その言葉は、僕には忘れられない。普通の人間、か。ひどい言葉だ。

学校では何度も、「卒業式が済んでも、三月三一日まではこの中学の生徒なんだからね、まだ高校生ではないんだからね。」と言われていた。

僕ら四人は、その「最後の日」に、もう一度集まって、みんなで遊園地に出かけた。

よく晴れたいい日だった。

僕も随分はしゃいだ。

そうしたら、えんちゃんが、途中で、

「優斗、すごくよくしゃべるようになったよね。」

と感心した。

「え、そうですか。」

僕はちょっと嬉しかった。

「でも、その話し方は変わらんよなぁ。」

と、ささっくんが笑った。そして付け加えた。

「俺は、好きだけど。優斗らしくて。」

僕はその言葉がまた嬉しくて、少し笑った。

その場の会話はそれだけで終わった。

でも、すっかり別の話で盛り上がりながら一〇〇メートルほど行ってから、加古サンが、全然脈絡なく、ぼそっと言った。

「けど、もうやめた方がいいよ。そのしゃべり方。」

僕は、すっと、すぐ横を歩いている彼の顔を見た。

加古サンもこちらを見て、

「うん。」

と僕の目を見たまま、促すように、一度大きく首を縦に振った。

それは、僕の胸に深く刺さった。

高校に行けば、僕の知っている子なんて、ほとんどいない。僕を知っている子も、ほとんどいない。

高校に合格してから、僕はそんなことをずっと考えていた。

ゼロから、やり直せるかもしれない。

でも、正面からその言葉と向き合うのは怖かった。何もしないで負け続けるよりも、何かを新しく始めてやっぱり負けてしまうことを考えることは、その時に自分の心がより大きく壊れてしまうのではないかという恐怖を伴っていた。

でも、一方では思っていた。

何とかしたかった。

同じぬかるみに踏み込むのではなくて、抜け出したかった。

そんな自分が、僕にはよくわかっていた。この変な話し方が普通じゃないことも。

「うん。そうする。」

僕はそう呟いた。

横で聞いていたえんちゃんとささっくんが、驚いてこっちを見た。

加古サンだけが平気で、続けて言った。

「じゃ、さ。今、この瞬間から禁止。」

「え？」

さすがに僕は、怯んだ。

でも思った。

さすがに加古サンだな。逃がしてはくれないんだ。

「え、ほんとにやめるの。ほんとにやめれるの。」

と、えんちゃんが真顔で訊いた。

僕は、少し、心にぎゅっと力を込めた。少しだけ。

「わかんない。でも、やってみます。」

でも、それを聞いて、すかさず、ささっくんが笑った。

「直ってないやん。」

それで、僕も簡単に脱力した。

「はぁ。染みついてる。」

みんな笑った。

そんな会話の中で、僕は、まだこの同じ話し方で、この三人と一緒にいたいとも思った。こんな変な奴を受け入れてくれたんだから。

でもやっぱり、加古サンは逃がしてくれなかった。

「けど、禁止。」

きっぱりとそう言った。

「加古サン、厳しぃ～。」

と佐々木君が言った。横で遠藤君が笑っていた。

その場面の記憶は、今でもはっきりと覚えている。

そして、この時ふと、自分が感じたことも。

あれ……。

知らないうちに、僕は変われたのかな。

そんな気がした。

今、僕は二十四歳になって、自分が望んだ仕事に就いて働いている。

でも、職場でいじめられる、ということはないが、同年代の同僚たちとうまくやっているかと言われると、自信がない。仲が悪いとは言わないけれど、気安く心通じているという感じもしない。

仕事の上での付き合いはそつなくこなしているが、僕は相変わらず人間が苦手で、他人と打ち解けて話せるようになる方法というのがわからない。

第一、そんな風になりたいと思える相手も、なかなかいない。自分から壁を作っている、と誰かは言うのかもしれないが、それは違う。壁は、僕が作る前から、そこにでんと立っている。

そんなことを思う時、こうして話してきた、「あの頃、あの時」のことを思い出す。

自分を変えなくちゃと思って、無理やり変わろうとするのは怖い。強いて変わろうとすることは、自分の否定だ。

もし、僕と同じような過去を持つ人、今、同じような思いを抱えて震えている人がいたら、僕は、一緒になって震えながら、こんな風に言ってあげたい。

そんなこと、頑張らなくてもいいのかもしれないよ。

その時、が、来るまでは、さ。

その時、は、いつかって？　来たらわかるよ、きっと。

そして、その時、が来なければ、そのままでいい。一生来なければ、多分、一生そのままで。君は何《なん》にも変わらなくていい。

きっと、それでいいんだよ。


ふと、あの吉田じゅんこさんはどうしているだろうと思う。

小学校の頃、同じクラスにいた、ヨッタズンコさんと呼ばれた、あの子だ。

中学に入ってからの僕の記憶に、彼女の姿はない。

それは単に同じクラスにならなかっただけなのかもしれないけれど、でも、彼女は僕にとっては、実はいつも自分を映す鏡のような存在で、たとえ廊下で見かけるだけでも印象に残ったはずなんだ。

だから、同じ地域の中学には進まなかったのかもしれない。

彼女は、どうしているんだろう。

もしかしたら、清楚な服を着て、どこかで事務員でもしているかもしれない。

にっこり笑える人になって、どこかの店の店員をしているかもしれない。

いや、すごく陰気で地味だけど、ちゃんと生活しているのかもしれない。

あるいは、その、どれにも成れないでいるのかもしれない。

ちゃんと暮らせていたらいいな。

僕は、一言も交わしたことがないのに、そう願う。

僕は、地元を離れている。

出来れば、故郷にはもう二度と足を踏み入れたくない。昔の同級生は、僕を見たら、昔の通りの「のむブー」という名で僕を思い出すのだろう。

僕の本当の名前など、憶えてもいないかもしれない。

そして、その名と共に彼らの内に蘇るのは、懐かしさではなく、蔑みに違いないと思う。

　過去に巣食う亡霊は、決して幻想の闇に葬り去られたりはしないで、現実に根付いて生き続けていく。

　そして僕は、それにずっと怯え続ける。

「過去」は、終わったことさと、そんな美しい言葉のように、時間と共に泡のように消えていったりはしない。

　だから、たとえ故郷を離れた今でも、僕は人のそばに気楽に近寄って行けない。


　僕は、時々、同じ光景を夢に見る。

　夢の中で、僕は、懐かしい加古サンの自宅の裏手に立ち、きっと彼がいるだろう、灯りの点いた二階のその部屋の窓を見上げている。

　ただ、じっと見て、しばらくすると夜の空を眺めながら帰って行く。

　その空には、月がある。

　それだけなんだけれど、何度も見る。


　僕は今でも、一人の部屋で、寂しくて涙を流していることがある。

　その涙を、止めようとは思わない。止める術があるとも思わない。

ただ、それを拭うために目元に添える何かを、欲しいとは思う。

僕のこんな話を聞いたら、生徒たちは笑うだろうか。目の前に立っている教師が、こんな情けない大人だとは思わなかったと。

けれど、一方で僕は思うんだ。

僕には見えないけれど、僕の目の前にいるこの生徒たちの中にも、同じような悲しみを抱えている子はいるんじゃないかと。

僕はその子の話を、聞いてあげることは出来ないけれど。

ずけずけと近寄って行って、軽はずみに、わかるよ、とは言ってあげられないけれど。

祈るみたいな気持ちで、思うんだ。

わかるよ。つらいね、と。

PARADISE《パラダイス》

開店直後のカウンター、その端に座って私はロックの酒を横に、鞄から文庫本を取り出して読む。ここは、この手の店にしては少し早くに店を開ける。なので、この時間、だいたいは他に客はいない。それが私には都合が良い。人恋しくてやって来るのに、人のいない静かなバーが好きだ。

そんな私をそっと放置して、ママは離れたカウンターの端に立ち、何やら手を動かしている。

カウベルが音を立てた。

するりと雅人が入ってきた。私の顔を見るといつもの顔で笑った。

「こんにちは。いらっしゃい。」

そして、ママの方を向き、おはようございますと同じ笑顔で言う。言ってから、ひょこっとお辞儀をする。

礼儀正しい子だ。この子は、本当に変わらない。

ママは黙って手を動かし続けている。雅人は、まるでちょっとトイレにでも行っていて、すぐに戻ってついさっきまでしていたことの続きをするみたいに、自然な流れでカウンターの向こう側に入り仕事を始める。

その手順もいつも変わらない。

一番高い棚から順に、瓶を一本ずつ下ろしては拭き始める。そうしながら、やはり笑顔で私に話しかける。それが私を喜ばせることを知っている。

「久し振りですよね。」

きらきらと笑いながら話す。

俺のためにそんなに笑わなくていいんだぜ。

「うん。水曜だから。出る日だと思って。ちょっとお前さんの顔が見たくなってさ。」

「ほんとに。」

「うん。」

雅人は、また嬉しそうに笑う。そして、慣れた手つきで丁寧に瓶を拭きながら、一瞬だけ私の方に目を向け、

「そんなこと言って。ヨウスケさんが聞いたら、叱られちゃいますよ。」

ふふ、といたずらっぽく眉を動かす。

「大丈夫。嫉妬はされてみたいけどね、一度。」

「しないんですか？」

「しないな。もう長いからね。」

「あ、なんか、のろけですか。」

そう言って笑う。

お前のその笑顔が私を癒す。人は変わるものだが、変わらなかった日々が、人を支える。お前のその顔を見ると私はいつもそんな風に思う。そして、五年前のあの日、お前が語った言葉を思う。

「僕が笑ってるか、相手が笑ってるか、どちらかが笑ってないとすごく不安になって、泣きたくなるんです。」

雅人は、小さな踏み台に乗っては、拭きあげた瓶を棚に戻し、次のボトルを取る動作を続けている。そして、時々ポーズを取るように身を反らして棚から顔を離し、ラベルの向きの揃い具合を確かめる。微妙なばらつきを修正しては、次の棚に手を伸ばす。そうしながら、合間で、私の話し相手をしてくれる。急がず、ゆっくりと。私は、この子と話していると、親子に近いほど年が離れているのに、まるで学生時代の友人と話しているような居心地の良さを感じる。

「それにしても、今日はやけに早いんだな。」

「今日は、何か気合いの入ったお通し、作っちゃおうかと思って。」

「今日は何を。」

「肉じゃが。」

雅人は、家庭的な料理を作りたがる。お煮染め、豚汁、酢の物。ありがちな冷凍のものを嫌がる。

「なんか今日は気分がいいんですよね。」

「何か良いことでも？」

「なぁんにも。でもなんかそんな感じで。」

言ってまた、優しい目でこちらを見る。ちらっと。そしてまた視線を外す。

手元を見ながら話す癖は、ママのが移ったのだろうか。もともとこの子は、いつも相手の目を見て話す子だった。こちらが辛くなるくらい、まっすぐに。不思議なくらいに幸せそうに。でも、今はそれをしない。しないように気をつけているのだと言う。

「まっすぐ見られるのって、結構つらいんですよね、きっと。」

いつだったか、尋ねた私に、雅人はそう言った。

「そう？」

「うん。今はそういうの、ちょっとわかってきました。でも、要所要所では、ちゃんと見ますよ。」

そして、顔を上げて私を見、やっぱり、ふふと笑った。

「大人になったね。」

私がそう言うと、

「ママに教えてもらったんです。」

と、ちらりと横にいる彼を見た。ママはただ聞き流して何かしている。雅人はそんな彼の横顔に微笑みかけ、また自分の手元に目を落とす。

本当に、優しい子だ。

この世の中も捨てたものではない。お前を見ているとそう思える。だから時々お前の顔が見たくなる。

でも、本当はそれだけではない。私は、そんなお前を助けてやれなかった自分が悔しい。その思いを忘れないためにも、私はお前に会っていたいのかもしれない。もしお前にまた窮地というものが訪れるなら、その時は、何らかの力になってやりたい。その時を見逃さないために、お前を自分の視野に置いておきたい。人間の価値とは、忘れてはいけないことを決して忘れないことにあるのだ。ともすると無価値な人間になり下がろうとする自分に、私は時々そう語りかける。


雅人は、私の勤める学校の生徒だった。公立の、進学校と呼ぶには少し足らない、平凡な高校だ。それでも、部活動はいくつか目立った成績を上げていて、勉強よりもそちらが目当てで入学する者も多かった。雅人は、そんな生徒が集まるサッカー部の部員だった。それほどヘタクソな選手ではなかったが、一年生ということもあって、

Bチームと呼ばれる補欠班のメンバーになっていた。部員数は三学年で七〇人ほどおり、サッカーが専門の顧問が二人いた。それに更に遠征などの補助として二人のサブ顧問が置かれていた。私はその一人だった。

サッカー部員たちは、練習は全員が一緒にするが、休日の練習試合の多くはABの二班に分かれて動いた。専門の顧問は二人揃ってAチームと共に動く。そしてBチームは、まったく素人のサブ顧問、つまり私などが帯同して、Aチームとは別の学校と試合をした。差別というよりも、そうしないと一人一人の出番が確保出来ないので、Bチームの生徒もそれで納得していた。弱いチームと対戦するのはつまらない。でも、強いAチームではレギュラーにはなれない。しかし、こちらが強い学校だという印象があれば、Bチームでも練習試合の申し込みは多くあった。そのことをメンバーたちは素直に喜んでいた。試合が出来る。試合に出られる。それだけで十分に嬉しいという雰囲気が、Bチームには漂っていた。勝ちたがったが、負けてもそれほど悔しがる雰囲気はなかった。先制点を取れば素直に皆が肩を叩き合って喜び、取り敢えずそれだけでもこの試合は満足だというような平和な空気が漂っていた。それは、Aチームで誰かが点を決めて、同じように皆が喜んでいるように見えながら、どこか心が通わない姿とは違っていた。言うなれば、無邪気な優しさに満ちていて、専門家でもない私は、それが心地よかった。私には選手としての経験はないが、何度か前のワールドカップ以来、趣味の片隅にサッカー観戦が加えられ、そんな流れから希望調査の折に十番目くらいの希望に書き入れたところ、顧問の一人に加えられてしまった。遠征の多いこの部の顧問のなり手は、少なかったのだ。

それが、雅人が入学してきた春のことだった。正直なところ、休日を部活動の引率業務に取られて、ギラギラしたレギュラー争いを味方の勝利や得点に関係の無いところで感じているのも、主顧問の前では直立して話す部員が私には挨拶すらまともにしない無礼さに触れるのも不快で、私はすぐにとても憂鬱な気分になった。けれども、四月の末、新入生たちの入部登録が終わると、チームははっきりとABの二つに分けられ、私は休日の練習試合に付き添うBチーム専属の顧問になった。

もちろん、そのチームがそれほど私にとって心地よい状態であったことは、幸運な偶然であったろう。Aチームにも惚れ惚れするほど誠実な選手はいたし、年度が替わればBチームの雰囲気が険悪なこともあるに違いない。チームの色彩は、構成するメンバーによって大きく変わるものだ。

しかし、この時、Bチームには、とてもいいキャプテンがいた。浦島といった。夏休み前に引退する三年生は、力量にかかわらず全員がAチームに置かれる。だから彼は二年生で、部が全体で活動する時には、ただの一部員に過ぎなかった。また、時にはレギュラーチームとの間で選手の入れ替わりもあったから、もし彼が上のチームに昇格すれば、その時はこのチームのキャプテンは別の者が務めることになる。そんなあいまいな立場であることが、全ての者の気負いを取り除いてもいるようだった。実際に、彼が法事で参加出来なかった時には定まった副キャプテンはいなくとも、自然と誰か別の者が代役を務め、翌週には何でもなかったように再び彼がチームを取り仕切った。そうして仕切る人間が変わっても、彼らの私に対する態度は変わらなかった。もっとも、それが彼の影響力だったのだとは、私はその年の終わりの頃になってやっと気づいたのだったが。

経験がなく、当然試合の審判など出来ない私の代わりに、先方の学校で審判をお願いしたいと確認するやり取りも、現地に到着するとすぐに彼らが済ませてくれていた。私が、それはさすがに自分の仕事だろうと言うと、彼は、「いいえ、先生には、休みの日に来ていただいているだけで、有難いですから。」と答えた。「君らはいつもそんな風に礼儀正しいのかい。」と尋ねると、「Bの顧問の先生は毎年みたいに変わるんで、相手チームとの交渉とかは、僕らがすることになってるんです。あ、あの、右っ側の黒いジャージの人が向こうの監督ですから、あの人には挨拶しといた方がいいです、多分。」などと教えてくれた。確かに、私には、そうして教えられないと、先方の監督と、共にいるOBコーチとの区別もままならないのだ。

「チームの雰囲気は、確かにAよりこっちの方がずっといいですね。」と、いつだったか二人で話している時、彼はそう言った。キャプテンの彼は、時々私の横に来て、いろんなことを教えてくれていた。例えば、「あ、試合が終わったら、向こうの選手がこっちに来て一列に並んで挨拶するんで、その時は、ひとこと何か言って下さい。」とか。

「ひとことって？」

「ん〜、御苦労さま、とか、ありがとう、とか、そんなんでいいです。で、その後でベンチにいるみんなで拍手して送るんです。」

「ふうん。そういうしきたりがあるんだ。」

「しきたりって、……さすがに国語の先生ですね。」

「言い回しが、古いか？」

「いや、……なんか、国語の先生っぽいですよね。」

そんな会話をよく晴れた青空の下でしていると、私は休みをその試合のために奪われたというよりも、とても良い休日を贈られたように感じた。気持ちの良い高校生と、気持ちの良い時を過ごす。良い仕事をしていると思えた。

そんな会話の中で、彼が言った、こちらのチームの方がいいという言葉は、とても印象的だった。私はもちろんそう感じていたが、彼がそれをそんな風に自然に口にしたのを、意外にも感じた。

「でも、まぁ、勝とうとしたら、そうもいかないんじゃないか。」

と、私は正直に言った。

「う〜〜ん。いろいろ考え方はあると思うけど、僕は嫌なチームで勝つよりは、負けてもいいからいいチームでやりたいですね。」

そう答えて、すぐに、

「あ、いや。……こっちの方が僕には合ってるかなと言うだけです。そういうことですよ。」

と、慌ててそう付け加えた。私は、少し顔を赤らめている彼を見て、笑った。本音を口にして恥ずかしがる気持ちを、私はいつの間に、どこに置き忘れてきたのだろう。彼と話していると、いつも私は心が洗われるような気がした。毎年、新しい多くの高校生と出会っていると、時々そんな子にめぐり合う。そんな時には、いつも自分が良い仕事に就いていると思う。私が何も与えなくとも、彼らは周囲に光をばらまいている。私はただそれを受け取っていればよい。

中原中也の詩が語っていた風景を思う。明るく柔らかな光の粉末が、「さらさらと、さらさらと」微かな音を立てて、静かに優しく降り注ぐという、秋の夜に思い描く一つのメルヘン。

話せば、国語の先生ですねと笑われるのかもしれない。その笑いはまた、私の心を柔らかにするだろう。けれど、ちょっとやり過ぎかな。狙った言葉はかえって彼との間に距離を感じさせる。それは嫌だから黙っておく。子供のような無邪気な駆け引き。私はそれを楽しんでいた。彼は、そんなおじさんの打算には気づきもしない。

この浦島が、

「あいつ、いい奴ですよ。」と言った。それが雅人だった。

それは、いつのことだったろう。確か、その年の秋、レギュラーではない多くの三年生は夏に引退し、メンバーの半数近くが代替わりして臨んだ九月の末だった。

その日Bチームは、練習試合に少し遠い学校まで遠征した。相手は、荒れているので知られた学校だった。けれど、サッカー部は、その春の大会でベスト16まで進み、力を付けつつあった。とはいえ、乱暴なプレイが多いのでAチームと戦わせるには怪我が怖い。でも、Bとやらせるには手頃。監督は、私にその日の計画表を渡す時、そう話した。私は、彼の言動に接する度に彼を軽蔑したが、この時のその言い方を聞いても、改めてそれを感じた。この男が生徒に教えられることは、何があるのだろう。それでも彼は、全国的にも有名な監督なのだ。

試合当日、他校との練習試合の日はいつもはしゃぐ部員たちが、この日は少し様子が違った。行きの電車の中では、二年生が一年生に、

「あいつら、ボールを取られると、にらんでくるし、うらっ、とか怒鳴ってくるけど、

気にするなよ。にらみかえしたりすると、めんどくさいことになって、試合、途中でやめになったこともあるから。」

と話していた。

「そんなことが、実際にあったの。」

と聞くと、その生徒が教えてくれた。

「あったんです。去年。うちが結構ぼこぼこに勝ってしまって、終わりの方、ファールだらけになってきてて。」

「それで？」

「乱闘、まではいかないですけど、やばい雰囲気になって、ほんとは二試合する予定だったんですけど、最初の試合が終わったところで向こうのコーチが選手を引き上げさせて、監督さんがうちに謝りに来て、ちょっと危険なんで、ここでやめさせて下さいって。」

「へぇ。」

聞いていた一年生たちは、それを聞いて小さな声を上げて互いを見合ったりした。

浦島は、秋のメンバー入れ替えでも上のチームには上がれておらず、私と共にいた。

動揺のさざ波を感じた彼は、すぐに付け加えた。

「向こうも、春はベスト16だし、うまくなってるし、変なことしたら大会も出られなくなるし、あんなこともうないよ、きっと。去年は上の学年のやつらが、むちゃ悪かったしさ。」

形としては私の方を向きながら、ついでに言うように下級生に顔を向けた。こういうさりげなさがこの子は本当にうまかった。

対戦相手は離れた地域の学校で馴染みもなく、一年生部員たちには、「怖い学校なんだろう。」と、そんな漠然とした噂話のような印象だけがあって、サッカーの試合をしに行くというよりも、呼び出された不良に会いに行くような、腰の引けた感じがあった。初めにアドバイスのつもりで事前の注意を与えた二年生も、浦島のフォローを聞いて、自分の言ったことが変な先入観を与えてしまったかと後悔したようだった。しかし、その後悔する彼にも、「まぁ、言っとかないといけないことだしさ、それも。」とカバーをする、浦島は本当に抜け目なく心配りをする子だった。

選手としてもそんなに下手な子ではなかったが、メンバーが大幅に入れ替わっても、浦島はまだBチームにいた。彼のポジションは、高い技術を持った選手が集まりやすいところなのだった。Aチームではなかなかベンチの控え選手の中にも入れない。それは、彼にもとても悔しいことだったろう。私もまた、とても悔しかった。彼のような子に、いい思いをしてもらいたかった。それでも、一方、情けない話だが、経験のない顧問の私は、その日のように難しい学校との試合に彼が共にいてくれるのが心強かった。

しかし、その日の試合は、我々の願いをよそに、ひどく荒れた。

ベスト16という実績は、相手チームに前年にはなかった自信とプライドを与え、それでもこちらは変わらずBチームを送り込んだというのが、まず、彼らを傷つけたようだった。到着早々、「なんだよ、Bかよ。」と言う声が聞こえた。何人かの生徒がじっとこちらをにらみつけていた。その時点で、確かに嫌な予感はしていた。

試合は初めから相手チームにファールが多く、そのために生まれたPKをこちらが決めてしまうと、より過激になった。常に大きな声で全体に指示を出していた浦島は、それが相手の癪に障ったのか、後半に入ると集中的に狙われるようになった。そして、何度目かのファールは明らかに足首を狙ったもので、浦島は足下をすくい取られるようにして激しく地面に落ち、しばらく、のたうち回るようにして痛がった。それは、私が初めて見る彼の姿だった。いつもは、痛がることを恥ずかしがるように、じっと耐えるのが彼だった。

応急の痛み止めになるコールドスプレーを持ってベンチから二人の部員を走らせた。心配して見つめる私に、彼は少しすると立ち上がり、両手を挙げて丸のサインを作った。それでも、右足は明らかに引きずっていた。

試合が再開した。浦島はまだ走りにくそうにしていたが、中盤の要の選手であるから、どうしてもボールは彼の所に集まる。相手には明らかに彼を潰そうする意志があるように、痛めたばかりの彼の足首を更に執拗に狙うプレイが目立った。それはあまりにも露骨で、ひどい奴らだなと、ベンチで横に座る控えの選手に私は思わず呟き、その子は、思わず「やつら」と相手を呼んだ私の顔を見た。普段の私は、そんな言葉を彼らの前で口にすることはないのだ。ただ、全てを見守るためにそこにやって来ている人、いつも穏やかに、ただの傍観者のように試合を見つめて、時折世間話のように何か話す人。常にそんなスタンスでそこにいた。少し離れて彼らを見つめている大人。そんな立ち位置を、私は心地よく楽しんでいた。

　狙われている浦島は、卑怯な彼らのプレイに足を削られながら、怒りを表に出すこともなく、至極冷静に、仲間に指示を出しながら、必死にボールを追い続けた。

　すると、ある時、本来は右サイドの攻撃選手である雅人が、中盤のセンターまで走ってきて、浦島の足首を狙ってスライディングする相手選手のその足首を明らかに狙い、スピードのついたスライディングを仕掛けた。視界の外から猛烈な勢いで飛び込んできたので、私は、瞬間、何故彼がそこにいるのかと驚いた。スライディングした雅人は、その後も追うべきボールを追わず、そこにいた。彼のスパイクの裏面は、見事に狙った相手選手の足に食い込み、相手は先ほどの浦島以上に痛がってしばらくそのあたりで転がっていた。それを見届けるようにした後、雅人は相手にわびもせず、ただ浦島に気遣う言葉をかけただけで本来の自分のポジションに向かった。

審判をする相手チームのコーチは警告を示すカードを出さなかった。それは明らかに、先ほどから続く自校の選手の汚いプレイに対する贖罪の遠慮だったが、それがまた更に相手側の選手を苛立たせてしまった。

「なんで取らねぇんだよ。」

と、倒れた選手に駆け寄った者が、二人、審判に叫んだ。審判は小さく首を横に振り、それを無視した。それが、とてもまずかった。

相手の選手たちは、次にはボールを持たない時にまで、浦島に向かって全力で体をぶつけてきた。試合は見ていられない様相を呈してきた。しかし、今度も、雅人は自分のポジションを捨ててそこまで来ていて、浦島の盾になるように、相手選手の前にすっと体を入れた。今度は、自分から相手に攻撃を仕掛けはしなかった。相手を突き飛ばすのではなく、ただそこで踏ん張って、浦島の代わりに自分が体をはじき飛ばされた。その勢いで共に転んだ相手選手は、自分が悪いくせに雅人に向かって毒づいたが、雅人は受け流してその場を去った。浦島が雅人に何か声を掛けた。聞こえていただろうが、雅人はただ背中を見せたままだった。しかし、わかった。その背中は怒りに溢れていた。僕は何度でも走ってくる。何度でもキャプテンを守る。そんな気持ちが見えた。その背中を見送り、浦島は、両手をぱんぱんと二つ叩いて、「落ち着いていこう。」と全体に声を掛けた。その言葉は、雅人に向かって投げられたものだった。誰もがそれを感じた。ありがとう、そう言う代わりの言葉だった。二人ほどの選手が雅人に駆け寄り、その肩と背中をぽんぽんと触って離れて行った。

いいチームだった。

雅人は、その日まで、私の中で特に印象の強い子ではなかった。Bチームの一年生の中では足下のボールさばきのうまい子だったが、その能力で目立とうとするところがなかった。自分が華麗にドリブルをしシュートするよりも、いいパスを出して他の選手をアシストすることを楽しんでいるように見えた。そのくせ、ボールに絡まないところでも献身的に走り続け、時々、忍者のように違うポジションの場所にいる。それで私が思わず「面白い子だね、あの子。」と指さしたのが、確か初めて雅人の名を覚えたきっかけだった。それでも、ただ、面白い子、その程度のものだった。

それでも一度その子の顔を覚えると、その印象は、よりはっきりと残っていく。意識してみると、雅人は、誰よりも楽しそうにプレイする子だった。小さな子供が広場で嬌声を上げながらボールを追い回している時のような、本当に無邪気な笑顔で、とにかく選手としてグラウンドを走れていることが嬉しくて仕方がないという様に見えた。

「あいつ、本当にサッカー好きなんだなって、わかるよなぁ、見てるだけでさ。」

「さぼってるとこ、見たことないもんな、試合でも、練習でも。」

暢気な観客のように私の横のベンチで試合を見ている控えの選手たちも、世間話のように、そう話した。「あいつ、土砂降りの雨の試合でも笑ってるもんな。」

その雅人が、この日の試合では笑っていなかった。

「雅人、怒ってる。すっげー、怒ってる。」「あいつが怒ってるの、初めて見た。」

控えの皆が驚き、それがまたこの試合の異常さを感じさせた。既に試合の勝敗などはどうでもよく、これ以上何事もなくこの試合が終わってくれるのを願う緊張感が、ベンチには漂っていた。しかし同時に、やられっぱなしではなく、しかも普段はおとなしい部類に入るはずの雅人が必死に抵抗している姿に、選手たちはほっとしているようにも感じられた。浦島も雅人も他のみんなも、ひるまずにあいつらと対等に戦っている。そのことを、喜んでもいるように感じた。

そして私は、笑顔を捨てて純粋に怒る一人の高校生の姿に、感動すらしていた。責任を持って引率してきているはずの顧問としては、失格だった。だから、横で二年生部員の一人が呟いた、「無事に終わるかなぁ、この試合。」という言葉の意味も、本当の意味ではわかっていなかった。彼らは、大人の私よりも適切に状況の危険性を認知していた。

「先生、試合終わったら、礼はしないで、そのまま選手、こっちに呼んだ方が良いです。」

「？」

「礼する時、前も、膝蹴りとかしてきたんです。それもやばいです。あいつら。これだと、今日もするかも。」

その予言は、見事に当たった。

しかし、経験の足りない私には、試合後の整列と挨拶は、やはり欠くべからざる礼儀のように思えて、割愛の合図を出すのをためらった。混乱した試合も、最後を普通に終わらせることで取り敢えずえず体裁が整い、そうして双方が何もなかったように振る舞うことで帳消しに出来るのではないかと、理屈ばかりの、古びた智恵しか持たなかった。

試合終了のホイッスルが鳴ると、ベンチにいる選手の何人かは私の方を見た。「もう戻っておいで。」と、身振り手振りで一刻も早く引き上げることを指示する私を期待した。それがわかっていて、私はただ見守った。祈りながら。気の弱い教師だった。

試合後は、双方一列に並び、一礼をし、手が触れる程度の軽い握手を交わして別れる。それは数秒で終わる。しかし、相手側の選手の何人かは、中央に集まることも面倒なように明らかに苛立ちながらやって来た。そして、やはり何人かが、握手の後に意味もなくそのまま前に進み、うちの選手たちの並ぶ列に体をぶつけてきた。そして、邪魔な人間をかき分けるように、というより、わざと肘を鋭く張ってこちらの生徒の脇腹を激しく突こうとした。いかにも、そんな行為に慣れたやり方だった。

気がつくと、整列の時も雅人は浦島の横に立っていた。そして、この時も、とりわけ激しくあからさまに体当たりをしてきた相手と浦島の間に体をねじり込んだ。相手の選手を突き飛ばすような勢いで。

よろけた相手は、

「なんだよ、てめぇ。」と食ってかかった。拳を構えて雅人を殴ろうとした。

まずい、と思った。止めようとする者、引き離そうとする者、双方のチームの選手が、明らかな暴力事件になることだけは避けようと、二人に取り付いた。怪我をさせたくない、こんなことで部の活動を停止されたくない、うちの生徒たちも必死だった。審判をしていたコーチも、ベンチにいた先方の顧問も飛び込んできた。私も慌ててそこに走った。

この子達は忠告してくれていたのに。私は愚かな大人の自分を罵った。

しかし、いくらか上位に食い込むようになっている相手チームの選手たちも、以前よりは分別を持っていたようだった。聞いていた前年の有り様を頭に浮かべ、駆けつけるまでの数十秒を果てしなく遠い距離のように感じていた私がたどり着く頃には、既に両者は引き離され、騒ぎはそれ以上に広がりはしなかった。

先方の顧問は私に近寄り、すいません、と頭を下げた。

「あの子、大丈夫ですか。」

視線を送る先に雅人がいた。顔の右側を押さえ、浦島と何人かの者がその顔を覗き込んでいた。

「見てみます。」

私は彼に会釈をして、雅人に向かった。心から心配する様子の先方の顧問。まだ若い彼のやるせなさは、私にも伝わっていた。

雅人は、近寄る私や上級生を、

「大丈夫です。」

と軽く手で制しながら、同級生部員と共に逃げるように先に進もうとした。

「ちょっと見せなさい。」

たしなめる私に、雅人は素直に歩みを止めた。右目の下、頬骨の辺りがひどく腫れていた。

「まともにエルボーを食らったんです。」

と、横の生徒が言った。

「痛むよな。まずはよく冷やしてみて。」

「はい。」

良い返事をする。素直な雅人は、こんな時も変わらない。そしてこう付け加えた。

「僕がいけないんです。ちょっと相手を突き飛ばすみたいになっちゃったから。そんなつもりはなかったんですけど。……それで相手もエキサイトして、ごちゃごちゃになっている中でたまたま肘が当たってしまって。」

相手選手の意識的な暴行で怪我をさせられた。そうなるといろいろややこしいことになる。

その見え透いた嘘を見破ることが、本当は、正しい教師の振る舞いなのだろう。

「そうか。とにかく、後でもう一度見せて。」

私はそう言って、流した。

「すいません。」

雅人は本当に申し訳なさそうに言い、ぴょこんと首だけのお辞儀をして背を向けた。

「場合によっては、この足で医者に行くから。」

雅人は、今度はまともに振り返らず、

「いいっす。」

と、歩を早めて去った。

私は、目上の人間に「っす」という言葉が使われることが嫌いだ。聞くと、「ちゃんとわきまえろよ。」と感じる。今時、古臭い人間なのかもしれない。しかし、そのくらいのこだわりも持てなくて、何が教師かと、そのくらいの気持ちはある。その、私の嫌いな「っす」言葉を、雅人が、私に対して口にするのを初めて聞いた。軽口ではなかった。私は、彼の悔しさと怒りと、耐える気持ちを感じた。十六歳の子が、その時、多くの感情を必死に押しとどめていた。

雅人は、マネージャーからもらった冷えピタを頬に当てたまま、他の一年生仲間とボールの数を数えネットにしまい、テーピングの端くれなどベンチ周りに落ちたごみを拾い集めた。

気がつくと、私の後ろに浦島がいた。私と同じように、雅人の具合を確かめようと彼を見つめていたに違いない。

「あいつ、いい奴ですよね。」

彼はきっと、この時ばかりではなく、今と同じような目で雅人の後ろ姿を見たことが何度かあったのだろう。私の見ていないところで、何度も。そんな思いが、声に乗っていた。不思議だ。言葉の響きは、時に、語られない多くのことを思わせる。

私が振り返ると、

「怪我、僕からも聞いておきます。本人からも、周りの奴からも。先生には絶対に正直に言わないですから。」

と言った。そして、

「僕にも言わないと思いますけど。」

と、少し笑った。

「でも、ちゃんと聞き出します。今は、そっとしときます。」

そうだな。

「何にしろ、家には僕が送って行くよ。だいぶ腫れるかもしれない。親御さんにも、電話で伝えるというわけにも行くまい。」

「嫌がりますよ、あいつ、きっと。」

ふふっと、浦島はまた笑った。

「まぁ、そこは我慢してもらう。」

「はい。」

これでいいよな、顧問としての私は。

「いいチームだな。このチーム。」

独り言のように、そんな言葉が出た。

「僕も、そう思います。」

浦島もそう言った。そして付け加えた。

「あいつ、僕のこと、体張って守ってくれたんですよ。一年生のくせに。」

浦島は、とても嬉しそうだった。

その雅人が高校を辞める原因が、このキャプテンとの関わりになろうとは、思いもしなかった。

それは、その試合から二、三か月ほど経った年明けのことだった。

冬の休みは短い。その間にクリスマス、年末、新年。街にもテレビにも非日常の活気が溢れ、生徒たちは、何かと仲間と集まり「イベント」を企画する。カラオケ大会、徹夜の初詣で、男子なら焼き肉食い放題での新年会。最近ではイタリアンビュッフェ。それらを経て迎える三学期の始まりは、二学期の始まりよりも、いくらか和やかな風が漂う。

教員たちも、年の初めは年休を取り、始業式の一日二日前から新学期準備を整える者が多い。新しい掃除当番表、年号の変わったページを加えた学級日誌、そして授業プリント、課題テストの印刷。部活指導のある者は、更に一日二日早めに活動を始める。それでも、慌ただしく補習の組まれている夏の休みや、年度終わりの事務処理と年度初めの膨大な準備に追われる春休みとは違い、職員室に人は少ない。部活のある者は、早々に練習場所に向かうから職員室に長居はしない。仕事をする者も、間もなく始まる追われるような日々を前に、つかの間の平穏の中で安らかに作業を進める。

あるいは、二、三時間の時間休暇を取って、日のあるうちに学校を出る。一月の四日から六日、曜日の巡り合わせによっては七日八日まで。その数日間は、顔を合わせると「本年もよろしく。」と礼を交わしつつ、「また、始まってしまいますねぇ。」と暢気な嘆きを口にしながら、緩やかに動き出す。

しかし、その年、始業式の前日は、職員室の隅に、いくらか不穏な動きがあった。

私の学校には大きな職員室が一つあり、そこに教務課、生徒指導課、一年生担任、二年生担任と教頭の席がある。三年生担任と進路指導課は、同じフロアの進路指導室に、人権教育、教育相談、教育支援の担当者は保健室に自分の席を持つ。大職員室の一方の端、ドアを開けたすぐ前に、生徒指導担当者のグループが座る場所がある。この日は、そこに教頭、一年生の学年主任と担任が一人。更に生徒指導主任。加えて二人の生徒指導課教員が集まっていた。つまり、休みの間に一年生で何か問題行動があったのだろう。長期の休みの間にはよくあることだ。

私の席は保健室にある。「教育支援」を担当している。登校しにくい子、教室に入りづらい子、家庭的な問題を抱えて気持ちが不安定な子、発達障害を抱えている子。そんな生徒たちに、必要な支援を与える、そんな役目だ。が、あまり出番はない。多くは、養護教諭、担任、学年主任、人権教育担当が関わり、話を聞いて日々の生活を支える。心に傷を抱える子には、決まった者が寄り添うのがよい。あまり誰もが口を挟むものではない。それでも私が出て行くのは、それらの教師では対応に行き詰まった時、誰かが保護者と揉めてしまった時くらいで、うちの学校では、そんなことは月に一度、あるかないかなのだ。

その時、職員室に私がいたのは、隣接する印刷室でプリントを印刷していたからだった。そこにたまたま、一年生の担任が入ってきたので、聞いた。

「一年生、何かあったの。」

「ん～、僕らはまだ聞かされてないんですけど、何かあったみたいですね。ちょっとめんどくさいことみたいです。朝からあんな感じでみんな何度も寄ってますから。」

「へぇ、何だろうね。大変だな、新学期早々で、一年も。」

「始まっちゃいますね、そんなことも、また。」

印刷室から出ると、先ほどの人の輪はほどけて、学年主任と担任だけが残っていた。そのクラスの生徒が対象なのだろう。担任は二〇代後半の、バスケットボール部の顧問をする元気の良い男だが、遠目にも悩ましげな表情が見て取れた。それは、険しい表情、というのとは、少し違った。

私は保健室に戻り、授業の準備を始めた。先ほど印刷したプリントに書き込んでいく内容をまとめる。そこに、サッカー部の顧問の一人が入ってきた。サッカー部の顧問は四人おり、一人が全国レベルで名が知られているという四〇代後半の教師、もう一人、年齢は三〇過ぎくらいだろうか。自らもサッカー経験者のとても元気な男がいる。グラウンドでは生徒と共に、生徒と同じように楽しそうに走る。この二人が中心顧問だ。残るもう一人は私よりもずっと年上の者で、私がどうしても都合が付かない時だけ代わりに引率を頼む。

　この時入ってきたのは若い方の顧問で、名前は草野といった。あけましておめでとう、本年もよろしく、いやこちらこそ。

「先生、今ちょっといいですか。」

「はい、何か。」

　いつものこと、練習試合の引率の依頼だと思った。

「実はサッカー部の方で、ちょっとややこしい問題が起きまして。急ですが、今日、ミーティングをするんです。」

「ミーティング。」

「はい。それで、よかったら、先生にも参加してもらえたらと思って。急で申し訳ないんですけれど。Bの方の生徒がからんでるんで、ちょうど先生、出勤してらしたので、入ってもらった方がいいだろうって、林先生が。」

　林というのが、メインで指導する教師だ。

「正月なんで、わざわざそのために来てもらうのも何なんで、御連絡はしないでいたんですけど。」

「構わないよ。何があったの。誰が問題起こしたの。」

「野坂《のさか》です。」

「雅人？」

「はい。」

「うそ。」

「うん。そうなんですよ。で、中身がまた、ちょっとややこしくて。」

彼は少し、視線を横に流した。部屋には、もう一人、養護教諭がいた。

「ちょっと、別室でいいですか。」

少し離れた、小部屋に移った。

それが午前の十時くらい。ミーティングは十一時から。生徒は朝から来ているが、練習は中止にして、今は別室で年末に行われた海外の試合のビデオを見せているという。年末の三日間、合宿をしていたので、新年はこの日が最初の活動日になっていた。

秋の大会はベスト4で終わり、残っていた三年生も全員がそこで引退した。その後の二か月、部は全体で活動し、新年、三学期に入ってから改めてAチームとBチームの組み分けが発表されることになっていた。そうしてチームの再スタートに際して、部員たちに新たな緊張感を与えるのだという。そして、年末の合宿が、その組み分けのために個々の力を見極める機会として、年末の恒例行事となっていた。部員たちにとっては、とても大きな意味を持つ三日間だった。

問題は、その合宿中に起きたという。

「何があったの。」

「下着泥棒です。」

「は?」

雅人が? 女子の?

サッカー部には女子のマネージャーが三人いる。

「いえ。男の方で。」

はぁ?

「未遂、なんですけれどね。」

十二月二十八日から始まった合宿の二日目、午後には紅白試合を行った。部員の数に対して風呂が狭いので、先に試合を終えたメンバーを先に入れ、後半で試合をした者たちと入れ違いにした。前日に少し雨が降ったこともあり、体には泥もはねて、皆、試合から上がると風呂場に直行するような具合だった。雅人は、その後半のメンバーに入っていた。

浦島も。

前半のグループで、先に入って部屋に戻った者の一人、一年生の吉原《よしはら》が、忘れ物を取りに脱衣場に戻った。するとそこに雅人がいた。汚れた服を着たまま、吉原の気配を感じると驚いて飛び跳ねるようにこちらを振り返った。立ち尽くした左手に、誰かの下着が握られていた。

「お前、何してんの。」

自分が目にした光景が何を意味するのかを把握出来ないまま、ただそう口にした吉原の言葉に、雅人は少し取り乱したようにしながら、そこを離れた。下着を戻す手が、ひどく震えていたように見えた。

それを見た吉原もまた、動転していた。今見た光景をどう捉えたらいいか、わからずにいた。ドアを開けた瞬間の雅人は、すぐにはじかれるように手を下ろしたが、その直前、その誰かの下着を自分の顔に押し当てていた姿が吉原の目には残っていた。胸がどきどきしていた。下着が戻された脱衣ロッカーに脱ぎ置かれたビブスの番号が目に入った。ビブスは紅白戦で敵味方がわかるように身に着ける薄いベストで、前後に大きく番号が記されている。合宿の初めに部員たちは二色のビブスで二つの班に分けられ、三日間、同じビブスを着けて練習する。だから、番号を見ればそれが誰を指すのかがわかる。緑の7番。浦島先輩のものだった。吉原は普段、雅人や浦島と同じBチームで活動している。いつも一緒にいる先輩の下着に顔を埋めていたように見えた雅人の姿は、だからいっそう衝撃的だった。雅人が浦島さんのことが好きなのはわかっていた。でも、そういう点では他の者たちも、一年生は特にみんなが浦島さんのことは好きだった。けれども。

雅人が、浦島さんのパンツを顔に押し当てていた。その匂いを嗅いでいた？

吉原には、はっきりとそう見えた。

使っていた脱衣かごの中に探しにきた忘れものの靴下の片方を見つけ、逃げ出すように脱衣場を出た。雅人は、既に服を脱いで浴場に入っていた。

「他の部員たちは、それ、知ってるの。」

「知らないと思います。見てしまった吉原の方がショックで、その後、泊まらずに合宿、早退したんです。風邪を引いたようで体がだるくて吐き気がするって。確かにすごく具合が悪そうに見えたんで、そのまま家に帰しました。」

「なんで、それが表に出てきたの。」

「雅人から、吉原に連絡をしたようなんです。合宿が終わった日に。今から会えないかって。」

二人の高校生が、眠れない夜を二つ、別々の場所で過ごしたのだな。

吉原の気持ちはわかった。十六歳の子には、持て余す思いだったろう。そして、当の雅人から呼び出された。どんなに混乱したろう。

しかし、雅人の気持ちは、より痛かった。三十年前、私も先輩に心を寄せていた。

その胸に飛び込んで頭を抱かれたいと、何度思い描いたろう。その人が、雅人と浦島のように、そんなに近くにいたら、どんなに苦しかったろう。その人の匂いを感じたい。そう願う気持ちは、その胸に取り付いて甘える想像に浸っていたあの頃の自分の姿と重なっていた。

でも、同時にそれは変態の所行であるように感じていた。他の同級生たちと同じように。同性にそんな気持ちを抱くことは、とてもまともなことのようには思えなかった。

だから、絶対に、誰にも知られるわけにはいかなかった。

生徒の中にも同性を愛する者はいるのだろうと思っていた。しかし、実際に自分の目の前にいる、これほどよく知る子がそうだというのは、やけに実感が湧かなかった。私の中で今でもまだ、男を愛する男は、「普通ではない。」という感覚が消せないでいるのだ。たとえ自分自身がそうであっても。

呼び出され雅人に会いに行った、その時の様子を、後に私は吉原本人の口から聞いた。

行こうかどうしようか、吉原は迷った。雅人に会うのが怖かった。けれども、雅人から届いたメッセージには、こうあった。

「見たこと、誰かに話してもいいよ。事実なんだから。苦しい思いさせてごめん。そのこと、会って謝りたい。」

　会いたいという最初の一文を見た瞬間に、自分は何か攻撃されるのではないかと身構えていた。誰かの秘密を知ってしまうことは、知っているだけでその人を傷つけ続けている。傷つけられた者は傷つけた者に復讐しようとするかもしれない。そんな風に感じていた。けれど、雅人は謝りたいと言った。その言葉が、吉原の罪悪感と警戒心を和らげだ。他人に話してもいい。雅人はそうも言ってくれたが自分にはそんなことは出来ないと思った。けれども、一方で自分を一番苦しめているのは、そのことなのだとも思った。こんな物凄い事実を、誰かに話さないのは、苦しかった。

　吉原は、会いに行った。

　二人の家は、方角は違うが同じ駅からほぼ等距離の所にあった。その中間辺り、なるべく同級生がいなさそうな、大通り沿いではないマクドナルドの二階で待ち合わせた。雅人は先に着いていて、吉原を見ると軽く手を振った。どこか申し訳なさそうで、意識して作ったような笑顔だなと吉原は感じた。テーブルには、ポテトが一つ、ジュースが二つ置かれていた。

「適当に買っといた。」

「うん。」

　向かいの席に座った後は、ただ飲み物の入ったコップを見つめた。雅人の顔を、その距離で見続けていられなかった。

「あのさ、……。」

言う言葉は決めていたろうに、雅人も切り出しにくそうにしていた。そして、一言だけ、言った。

「ごめん。」

吉原は、その言葉にほっとした。まだ、自分が責め立てられることを怖れる気持ちが残っていた。

「うん。」

吉原は顔を上げて雅人を見た。雅人は申し訳なさそうな、悲しむような顔をしていた。その目や顔を見ると、普段の雅人に対する信頼のようなものが帰ってきた。急に安心した、と、吉原はその時のことを思い出しながら、そう語った。

それは雅人もきっと同じだったろう。受け入れられた。雅人はそれで、準備していた気持ちを口にする糸口をつかめたのかもしれない。そうでなければ、雅人はそのまま帰っていたかもしれない。例えば、吉原の表情に、汚らわしいものを見る、自分に対する強い嫌悪感だけが見えていたならば。けれども、そうではなかった。雅人は、一言一言、間を持ちながらゆっくりと、とても丁寧に話した。

「あのさ、適当なこと言ってたら、吉原の方がきついだろうし、ぶっちゃけ、本当のこと言うから。吉原は、みんなに隠さないでいいし。俺の方から、先生には言うから。それ、吉原が見てたって、言うから。我慢して、黙ってなくて、いいから。」

言い終えると、雅人は、ストローをくわえジュースを飲んだ。吉原が黙っていると、ポテトを一、二本つまみ、ゆっくりと口に運んだ。そうして吉原に時間を与えてくれているようだった。

「本当のこと、って？」

「俺、……浦島さんのシャツ、盗もうとしてたんだ。」

盗む？　その言葉に驚いた。持って帰ろうとしていたなんて、想像もしていなかった。でも、それよりも吉原は別の言葉により引っかかりを感じていた。

お前、さっき、ぶっちゃけ本当のことを言うから、そう言ったよな。

「シャツ？」

「うん。浦島さんの着ているものが欲しかったから。俺、ゲイなんだよ。」

高校生にもそういう奴がいることは知っていた。だから、自分でも意外なほど、ゲイという言葉に驚きはなかった。ただ、着ているものが欲しいという言葉は、ショックだった。ベランダに干してある女の人の下着を盗んで捕まる気持ちの悪い男のニュースが、いくつも思い浮かんだ。そして、もう一つ。吉原は言った。

「あのさ。」

本当のこと、正直に言うといいながら、ごまかしているのが腹立たしかった。俺がこんなに苦しんでいるのに。

「シャツじゃないやん。」

「え?」

「お前、浦島さんのパンツの匂い、嗅いでたやん。」

自分が口にする言葉の衝撃の重さに、口元が激しく震えた。同時に、急に怒りのようなものがこみ上げてきた。それは、物凄く汚らわしいものを相手にしているような強い感情で、吉原はその憤りをそのままぶつけるような強い視線で雅人の顔を見た。

それを受けた雅人は、吉原から視線を外して、しばらくじっとテーブルの一点を見つめていた。そして、ふっと小さく息を吐き、体からすっと力を抜いた。

「ま、同じようなもんだけど。」

独り言を言うように吐き出した雅人の目は、悲しいような、優しいような、そんな感じだった。そして、

「汗の臭いってさ、その人を感じられるって思わん?」

ゆっくりと語りかけるように、そう言った。

けれども、吉原にはその気持ちはよくわからなかった。雅人は、自分が言った言葉なのに、自分で吹き出した。

「わからんよな、そんなの。」

そして、付け加えた。

「変態だよな。」

けどさ、と続けた。

「まとめて置いてあったから、ついでに握っちゃったけど、シャツだけでよかったよ。ま、パンツもいいいんだけどさ。そっちをねらったわけじゃない。」

言い方は軽かったが、信じて欲しいという気持ちは伝わってきた。けれども、信じられなかった。小さな食い違いは、本質を変えてしまう。雅人の側は、その受け取り方の違いにはこだわりたい気持ちがあったろう。ただ、浦島を感じたかっただけなのだと。それは、別の特殊な興奮を求めたものではないのだと。けれど、吉原にはそれがわからなかった。その行為を見てしまった時の衝撃がはっきりと残っていた。男の汗の臭いを恋しがる感覚も理解出来なかった。そして、微かな尿臭の残るはずの下着を鼻に当てる行為は、それを遥かに超えて異常なことに思えた。

雅人には、それもわかった。自分が求めていたのはそれじゃなかったんだけれど、全てを理解してもらうことはそんなに簡単ではない。だから雅人は、もっとわかってもらい易い言い方をした。

「それに、そんなのもらっていったら、それこそ騒ぎになるじゃん。シャツなら、あれ？　で終わるかもしれないけど。パンツなくなったら大ごとっしょ。気持ち悪過ぎるやん。」

　それを聞いても、吉原は、雅人がまだ真実をごまかしているのだとしか思えなかった。軽いノリの言い方が、余計に嘘くさかった。けれども、もう詮索することも問い詰めることも、めんどくさくなった。さきほど戻りかけた雅人に対する信用も好感も再び消えつつあった。ただ他人である同級生が一人、目の前に座っているように感じていた。

　そうして、後は二人共が黙っていた。雅人は、間を埋め合わせるように飲み物を取り、ポテトをつまみ、取り出すとお前もと、黙って袋を反対に向けた。一つ一つの動作が不自然にゆっくりとしていた。互いがそうして、次の相手の言葉を待った。相手の心に残った言葉を置き去りにして席を立つのが怖かった。けれども、お互いにもう何も出てこないようだった。

　見切りをつけるように、雅人が、言った。

「今言うと、先生、正月なのに大変だから。一月の、練習開始前に俺からちゃんと先生に言うよ。吉原に無駄なプレッシャーかけてごめん。お前、何も悪くないのに。ほんとにごめん。」

　そう言って、しっかりと頭を下げた。瞬間、吉原は、雅人を可哀想に思った。自分の方が、とても悪いことをしたようにも思った。あの時、俺が靴下なんか忘れて行かなかったらよかったのではないか。けれども、同時に思った。自分が見なければ、浦島さんの服が盗まれていたんだろ。本当にシャツ一枚なら、おかしいな、どうしたんだろう、そう言いながら、結局、ただうやむやになって過ぎて行ったかもしれない。でも、…でも…。みんなが知らないところでそんなことが行われているのは、とても嫌だったし、自分が見たもっと痛烈な場面は頭に焼き付いて、記憶から消すことは出来そうになかった。雅人は勘違いだと言うけれど、とてもそうは見えなかった。

動揺していることはとても分かるこの雅人に、温かい言葉をかけてやるべきなんだろうか、とも思った。けれど、吉原の心から、そういう言葉は素直に出てこなかった。そんな吉原の心の混乱も、雅人は全て感じていたのかもしれない。雅人は、立ち上がった。そして、去り際に、心に決めている、まだ言えていない最後の言葉を口にした。

「俺、学校辞めるから。もういなくなるから。だから、気にしなくていいから。」

始業式は例年通り一月の七日。雅人から顧問の草野にＬＩＮＥを通じて連絡があったのは、三日の晩だと言う。とても大事な話がある。先生に迷惑をかける話になる。正月で申し訳ないが、少しでも早く話したい。会って直接話したい。そう記されていた。四日の午前早い時間に学校で待ち合わせた。合宿中に浦島の下着を盗もうとした。自分はゲイで、以前から浦島が好きだった。シャツを一枚だけもらうつもりだったけれど、焦ってたし、パンツもくしゃっと一緒にあって、両方を一緒につかむ形になった。自分にとってはどちらでもよかった。自分は先輩の匂いが恋しくて、その場でそれを感じたかった。体臭は汗に凝縮されているように思った。顔に当ててシャツの匂いを嗅いだ。その瞬間を吉原が見て、自分が先輩の股間の匂いを嗅いでいると思ったらしい。事実とは違うけれど、信じてもらえなくてもいい。自分にとってはどちらでも変わらない。でも、吉原にとっては余計にショックで、とても苦しんでいるみたいだ。誰にも話せないし、でも隠してはおけないし。あいつが合宿で先に帰ってしまったのも自分のせいだ。だから、合宿の後、直接会って謝って、自分から先生に全てを話すと伝えてある。何も秘密にしておかなくてもいいと、そうも言った。それで今日、先生に来てもらったりした。このことで部活にも迷惑がかかるのかもしれない。ごめんなさい。

　雅人は、口にし難いと思われる言葉もためらわずに語った。その迫力に、大人の草野の方が緊張したくらいだった。

　草野はすぐに中心顧問の林と連絡を取った。そして、吉原にも電話をした。雅人は別室に留め置いた。まだ、両者の話のすり合わせが必要になるかもしれない。吉原はすぐにやって来た。話の概要は、雅人が話した内容と同じだった。

「この話、誰かに話したか。」

こんな話は、一気に広まって行く。雅人は罰せられるべきことをしたが、行為とは関係のないところで彼の人権が踏みにじられるわけには行かない。そのように拡大してしまえば、事後の対応で簡単に収拾のつく問題ではなくなってしまう。

「誰にも言ってないです。これ、広まったら、やばいことになると思うから。」

草野は、出勤している教頭に報告した。生徒指導主任は休みを取って自宅にいたが、午後から呼び出された。雅人の担任は、県外にいたので翌日に詳しく知らせることになった。

出勤してすぐ、生徒指導課の主任は再び本人たちから事情を聞いたが、目撃した吉原の話との間には何の食い違いもなく、雅人は二時過ぎには自宅に帰された。吉原は、それより先に、教頭と生徒指導主任からきつく口止めをされて帰されていた。

本当なら、問題行動を起こした雅人は、そのまま保護者を呼び出し、状況を説明して連れて帰ってもらうのだった。盗みは未遂とはいえ、確実に家庭謹慎となる。そんな場合は、問題の発覚と同時に自宅待機とし、迅速に処分を決めてそのまま謹慎期間に入る。それが通例だ。

「保護者は呼ばなかったの。」

私は草野に訊いた。

「あいつ、学校辞めるって言うんです。」

恥ずかしくて居られんですよね、自分でも、平気で廊下を歩けないですもん。

草野の呟きを聞きながら、私は雅人の顔を思い出していた。いつもの彼のうっすらと笑みを浮かべたような柔らかい表情しか思い浮かばなかった。私はただ、深く息を吐くことしか出来なかった。

「しかしなぁ、」

こんなことで、ほんとうに辞めていくのか。あまりにも馬鹿馬鹿しいじゃないか。だが、ただの窃盗ならばまだともかく、そのような噂話と好奇の目の中で級友たちの前を歩くのは、十代の子には特に耐え難いことだろう。学校は全ての場所が堅い壁で仕切られていて、こんな時にはそれはとりわけ堅牢で聳え立って見えて、お前はどこにも逃げ出すことが出来ないと押し潰してくる。その感じは想像出来る。呼吸をしにくくなるような、その辛さ。

溜息をつく私に、それに、と草野は続けた。

「生徒指導の主任と教頭先生が、そのまま帰すので良いと。家庭連絡も今はしないでおくということで。」

「え。何だろう、それ。」

問題行動で自宅待機。その上、本人が退学という言葉を口にしているなら、余計に、保護者に伝えないわけにはいかないはずなのだ。

「僕には、わからないんですけど。」

更に、職員室の隅で繰り返されていたその日の朝からの相談を経て、雅人の動きは被害者となる浦島にも伝えないでおくことになったという。雅人は退学を口にしているのだし、実際には行為は未遂に終わっているのだし。それに、下手にこれが広まって雅人が在学したままでその話だけが一人歩きを始めてしまえば、雅人に対する誹謗中傷、いじめ案件へと発展し、また新たな問題が生じてくる。その時に学校としてはどう責任を取ったらいいのか。教頭はそれを気にしていたようである。だから、ずっと隠しておくことは出来ないにしても、事の進展を逐一知らせて、新たな話題を増やしていくのは得策ではないだろうと判断したのだろう。

それは理解出来たが、雅人の保護者に対する対応は、私にはまったく不可解だった。

また、生徒指導課の教師の一人は、こうも発言したという。

「でも、痴漢については？　それは一種の痴漢行為で、それは未遂ではないんじゃないですか。」

草野からそれを聞いて、私は雅人にその言葉を否定させてやりたいと思った。いや、実はそれを否定したがっているのは私でもあった。痴漢行為？　もちろん、客観的には、それが否定出来ない言葉であることは理解する。しかし、そんなに簡単に、そんな言葉で括らせたりはしたくなかった。物事の本質が違うじゃないか。

いかなる批判にも耐えられる対応。職員会議でよく耳にする言葉だ。

でも、批判は往々にして、物事を少しだけ響きの似たまったく違う言葉に置き換えてしまう。

無数の批判、時には詭弁以下の論理による難癖にすら、学校は、誠実に理解を得ながら対処しなくてはならない。不可能なそれを可能にするために、学校は妥当な分別《ふんべつ》を行う力を失い、世の中と共にどんどん乱暴に成っていく。わかりやすい単純な言葉で、大事な部分をどんどん削り取っていく。

その生徒指導課の教師は、伊藤といった。だから、彼の言葉は多分正しいのだ。でも、言いたかった。

伊藤、お前、馬鹿じゃないか。痴漢、だって？

もちろん、話を聞く私の心の中のそんな波立ちに、草野が気づくわけもなかった。

部員たちを集めての集会、それは不思議なミーティングだった。問題とされている事柄の内容が一切明らかにされないまま、警告だけを与えるというのだから。しかし学校では、時々、そんな危うい綱渡りをせざるを得ないこともある。

　部員たちは、ＨＲ教室のある校舎とは別棟の三階にある、つまりまず生徒の近づくことのない場所にある会議室に集められた。中心顧問の林は後ろの壁にもたれて立ち、若い草野が前に立った。私は、せめて草野に寄り添う気持ちで、前方隅に挟まるように立った。休み明けで、部員たちは体を動かしたがっていた。だから、常よりも浮かれた感じになっていた。

「ちょっとな、大事な話をするから、少し姿勢を正して聞いてくれ。」

　草野の表情は硬かった。全員が口を閉じ、前を向いた。

「実は、部の中で一つ、問題になるようなことが起こった。」

　すっと、部員たちに緊張が走った。

「けれども、それは、一つ間違ったら一人の人の人生を壊してしまうような可能性を含んだことで、軽はずみには公に出来ない。何が起こったのか、知っている者も、実はこの中にほとんどいない。だったら何も言わない方が良いのかもしれないけれど、先生たちは、黙っている内に、実際に何があったのかが広まったり、実際に起こってはいないことまで広まってしまうことを怖れます。」

　草野は、一言ずつ、丁寧に語ろうとしていた。それは、私にもよく伝わった。

「人の噂が、時にはまったく正しくないことまで広めてしまうことは、君らも想像が付くと思う。だから、先にみんなに釘を刺しておくことが必要だと思って、今、話しています。みんな、何の話をしているのかわからないと思う。そして、わからなくていい。そして、もし、それが何のことか、わかったような話が聞こえてきた時には、このミーティングのことを思い出して欲しい。誰かを中傷すること、誰かの人権を損なうようなことを、誰かに話してしまって、それが実際に起こったこととは違っていたら、それを自分が言いふらしたために その話が爆発的に広まっていって、その人が死にたいとまで追い詰められるようなことがあったら、君らは絶対に責任を取れない。というより、君ら自身が、そのことで一生後悔しなくてはならなくなるし、周りの人から、今度は君自身が、『あいつのせいであいつは追い詰められた』と責められ続けることになるかもしれない。一生。」

ゆっくりと語った。部員たちがよくわからない顔をしていたら、彼はもう一度同じ内容を繰り返したかもしれない。

「こんなわけのわからない話で、ごめん。ただ、大きな失敗をしてからでは取り返しが付かなくなることが、たくさんある。誰もそんな失敗をしないように、注意を喚起したいと考えて、集まってもらいました。」

そして、少し寛いだ調子に変えて念を押した。

「こんなミーティングをすると、かえって何があったのか知りたくなるよな。お互いに、お前知ってる？　とか、あいつが知ってそう、とか噂したくなる。けれども、誰かがそれを始めると、必ず誰かが傷つくだろ。それは絶対に起こる。誰かが傷つく。そうなると、そのこともまた問題になる。そんなことで、このサッカー部全体が壊滅してしまうかもしれない。大げさな話じゃないやろ。君らも、想像が付くと思う。無責任な噂話で誰かが誰かを傷つけてしまった時には、誰もそれをなかったことには出来ないし、何も起こらなかった以前の状態に戻すことも、誰にも出来ない。どうしても、それを今、みんなに伝えておきたいと思います。」

部員たちの顔を確かめるように見回して、草野は、後ろに立つ林に目で了解を得た。これでいいでしょうか。

林は、小さくうなずくと壁から身を剥がし、前に進むと、草野の代わりにその中央に立った。

「今の草野先生の話をよく覚えておくように。絶対に、要らぬことを知ろうとしないように。そのことで、部全体に迷惑がかからないように、互いに戒め合うように。わかったか。」

声は平板で、念を押す強さもなかった。相手の心に突き刺す気持ちもなかった。

それでも、部員たちは、はい、と、全員が声を合わせて答えた。条件反射のように。それでも、彼らは、草野の心のこもった言葉よりも、この男の言葉の方に強く拘束される。それがこの男の指導力なのだ。けれども、そんな姿を見て草野がこの男をすごいと手放しで賞賛する時、私は強い悔しさを覚える。この男と草野と、どちらが優れた教師だろう。こいつか。でも、何かが違う。違うのだと思う。

新学期が始まった。

長期休み中の問題行動に対する処分は、通常この日の職員会議で諮られる。しかし、雅人に関する案件は、出されなかった。そして、雅人も吉原も三学期初日のこの日から欠席し、一週間を経てもその状態が続いた。草野に尋ねたが、その後の雅人を巡る状況の進展具合は、まったく聞こえてこないということだった。

私はクラス担任に尋ねてみた。雅人の件だけれど、今、どうなっているのか。合宿中のことは聞いているのだが、と。教育支援担当という立場を持つ私には、それを尋ねる正当な理由もあった。けれども、それでも担任は言葉を濁した。

「ちょっとややこしいんです。辞めるって言ってることは知ってらっしゃいますよね。」

「うん。」

「雅人はもう決めちゃってるみたいなんです。」

「みたい？　あいつとは、話せてないの。」

「いや、あいつは連絡したらちゃんと話しますし、学校に呼んだら出てくると思います。ただ、親とはまともに話せなくて。家の中で、どんな話がされているのか。話せているのかどうかもつかめないんです。雅人は、親はどうでもいいって言うばかりで。」

「あいつ、そんなこと言うの。」

「詳しく言えないんですけれど。雅人、児相がらみの案件があって、守秘義務があるんでお話し出来ないんですが。うちの中は、相当無茶苦茶なんです。なので今回のことも、外とも連絡を取りながら慎重に動いている感じで。」

児童相談所。守秘義務。保護者による虐待や、家族だけでは解決不能と思われる深刻な状況が生じている時にしか登場しない言葉だ。深刻な状況とは、子供の命が傷つけられる可能性が予見されるような状態を指す。そのような場合には、関係する学校の限られた関係者、それに時には出身中学や小学校時代に関わった教師と、市の支援担当部署、児童相談所の者が集まって会議を開く。これを拡大ケース会議という。登校出来なくなった生徒の対応を協議するために、担任、学年主任、教育相談担当者などが集まり、それまでの経緯と今後の対応の仕方について共通理解を持つ、学内で行われる小規模のそれもケース会議と呼ぶが、児相などが関わる案件になると規模も大きくなり、重みも変わる。そのような会議では、冒頭に出席者に守秘義務順守の宣誓用紙が配られ、その場で署名をする。各学校の校長を除いて、その場で知り得た情報は、たとえ同じ学校の指導的な位置にある者に対してでも口外してはならない。本校からは現担任、学年主任と教頭、人権課主任が参加するのが通例となっている。配布された資料も、全てその場で回収される。そのレベルのケース会議が開かれたという話は、学校にいても滅多に聞かない。例えば、二年前に、自宅では中学生の子供に首輪を付けて鎖に繋いで過ごさせていた親があって、発覚後はマスコミも随分と騒いだ。隣の市で起こったその案件などは、子供の首に不明な傷があり、午後、放課が近づくと必ず体調を崩すということから、怪しんだ中学校から弟の通う小学校に連絡が入り、調べると弟にも同様な状況が確認出来た。断片的に話す子供たちの言葉から真実が見え、そこで緊急のケース会議が持たれ、同席した警察は直ちに逮捕状を取り、自宅を訪れ、両親を連行した。

そんなことを、思い出した。

雅人が。児相がらみで、守秘義務。それは私の心にどしんと響いた。入学以来、特に生活に問題の見られなかった雅人に関する情報は、私の元にまでは降りていなかったのだ。

何か問題が起こると、教師はよく叩かれる。何故気づかなかったのかと。人の苦しみを肌で知らない者たちには受けの良いいつも笑顔で話す教育評論家や、優れた実践を持つ現場教師と紹介されるけれども、多分現場では目立ちたがり屋の似非専門家としか受け取られていないだろう者たちは、生徒をよく観察して常に寄り添っていれば、必ず気づけたはずだと口を揃えて言う。

必ず？

「あんたはね、苦労知らずに育ったいいとこのボンボンだと思っていたよ。」

教育実習で母校に戻った時、私の指導担当に当たった先生は私にそう言った。教科は国語で、授業は良かったし人柄も温かで、高校時代、私が最も慕った先生だった。高二の時は担任もしてもらった。その先生ですら、そう言った。しかし、実際には、私が生まれ育った家庭は、私が物心ついた頃からずっと完全に崩壊していて、狭いアパートの一室のどの隙間にも愛情などというものは欠片も存在せず、ただ貧困と暴力だけがあり、私は始終父親から蹴飛ばされ、高校時代には浮気相手からかかる電話をその父親に取り次いだりもしていた。母親は二度、夫とは別の男の元に走り、その度に捨てられ戻ってきては、再び父親に殴られ蹴られ続けていた。家の中には常に金がなく、何かの支払いの日が近づくたびに、家の中には普段に増して怒号が飛び交った。だから私は家に帰るのが嫌で仕方なく、学校にいる時間だけが私が安らぎを感じられる時なのだった。生徒会の役員をし、部活には熱を注ぎ、学校にいる時の私はよく笑った。そうして、家の中のことを少しでも頭の中から吹き払っていたかった。

でも、そんなことは、先生には一切見えるはずもない。

実習で母校に戻った時に、実は、とそんな実情を話すと、先生は心底驚いていた。

「全然違ったんだね。」

教師は、千里眼の魔法使いであるわけがない。

「吉原君も全然来られなくなっているんですが、どうしたらいいでしょう。」

隣に座っている吉原のクラスの担任が、困った顔で私に話しかけた。

「起こったことの内容が内容なので、私には、どんな風に接したらいいか、分からなくて。」

彼女は、大学を出てすぐに採用され、二年目の今年、初めて担任を持った。

「僕が一度話してみましょうか。部活で知っている子ですし。」

「あ、出来れば、それ、御願いします。」

とてもほっとした顔をした。彼女も、この一週間、途方に暮れて過ごしていたのかもしれない。世間が思うより、教師たちは、一人一人の生徒のことに心を砕いて過ごしている。仕事を終えても、自宅に帰っても。答えの出ない対処法を、ああだこうだと自問自答し続けている。

私はその日の放課後、早速、吉原家に電話をした。呼び出しの音が鳴り続け、そろそろ留守電に切り替わるかというタイミングで、吉原本人が出た。

「高校の川口ですが。」

言うと、声でもわかったのだろう、あ、と小さく声を上げてから、こんにちは、と落ち着いて挨拶をした。

私は言った。いくらか状況はわかっているつもりでいる。学校に来にくい気持ちは、よくわかる。でも、雅人も今はずっと休んでいる。せめて吉原は、そろそろ学校に来ないか。

今は雅人はいないから、雅人を警戒することは今は取り敢えず要らないようだよと、あからさまには言えないが、それとなく水を向けてみたつもりだった。雅人を蔑ろにする卑怯な言い方だけれども、二人を同じ方法で救えないこともある。仕方がない。

しかし、吉原は逆のことを言った。

「雅人も休んでるから、余計に行きづらくて。」

私は浅はかな人間だ。高校生はそれほど打算的でも単純でもない。

吉原は話した。新学期に入って二人が揃って休み続けていることから、サッカー部員を中心に、「お前と雅人、何かあったの。」と、いろんな人間からそんなメッセージが届いているのだと。例のミーティングに関係あるのか、とも。登校すれば、その質問に答えないではいられない。けれども、答えるわけにもいかない。答えに窮して固まっていれば、周囲はいよいよ何があったのか聞きたがる。

当たり前のことだった。口止めされていても、何も話さないでいても、いろんな噂は広まる。それを抑えられるわけがなかった。

「そうか。……。」

そういうメッセージを寄こした相手には、吉原は、雅人には自分が休み続けていることは言わないで欲しいとだけ告げたという。何故かと聞かれると、あいつが気にするからとだけ答えた。そんなことを言えば、余計に詮索されるだけなのはわかっていたけれど、自分が登校していないことを知られれば、また雅人に呼び出されそうで怖いのだと、吉原は言った。

思ったよりもいろいろと話す声を聞きながら、私は、吉原は誰かと話したがっているのだなと感じた。

「よかったら、これから学校に来ないか。部活の最中だから、かえって誰にも会わなくて済むから。何なら、家まで迎えに行ってもいい。何があったのか、僕も吉原の口から直接、ちゃんと話を聞いてみたいし。吉原も、吐き出したら少しは気が楽になるということもあるかもしれないよ。」

吉原は少し考えていたようだったが、迎えに行こうかと繰り返す私に、自分で行きます、と答えた。そうか、

「来た時には、玄関は通らなくていいから。」

とだけ、私は伝えた。保健室は裏門に面した校舎の一番端の所にあり、廊下を数メートル歩けば外に出られる入り口がある。そっと保護者に迎えに来てもらいたい生徒がいる時などには、この位置取りは便利だった。そんな時のために、履き替えるスリッパが何組か、入り口を入ったすぐ脇に置いてあった。それを使ったらいいからね。

三十分ほどすると、廊下にスリッパの足音がした。そして、うつむいたままの吉原が、ゆっくりと保健室のドアを開けた。不自然なくらいにそろりとした、遠慮がちな開け方だった。よく来たね。吉原を連れて私は近くの小部屋に移り、時間をかけて少しずつ、話を聞いた。そうか、それはなかなか苦しかったねぇ。合いの手のように言葉を差し挟みながら聞く内に、気がつくと二時間以上が経っていた。途中一度保護者に電話をさせた。自宅にいないが、学校で先生と話しているから心配しなくていい。親御さんは、自宅に帰って君がいないと心配するだろうから、あらかじめそんな風に連絡しておくと良い。吉原は、素直に母親に電話をして、私に言われたそのままの言葉を伝えた。

三時間近く、その長い時間に、吉原は何度も泣きながら、たくさん話した。話し尽くして、もう次の言葉は出てこないと感じた時、そろそろその場を締めて、この子を帰してやらなくてはならないと思った。けれど、こんな時、私はいつも、立ち尽くす気分になる。

全て吐き出したその心の扉を閉めて、よし、これで君の心は綺麗に洗われた。明日からは、新しい気持ちで学校においでよ。テレビのあの評論家なら、笑顔でそう言うのかもしれない。傷ついた子供は、ぎゅっと抱きしめてあげるんです。高校生でもそうです。是非そうしてあげて下さい。あの男は、いつかそうも言っていた。

あの男は、泣いたことがあるのだろうか。

少なくとも私には、そんなことは出来ない。

「吉原が苦しいのは、よくわかる。僕が高校生でも、まったく同じだと思う。来られないよ、なかなか。当たり前だと思う。」

私は、正直に語るしかない。そして、付け加えてこんなことしか言えない。

「でも、ずっと休み続けるわけにもいかないのはわかるだろ。進級のこともあるし、テストのこともあるし。……頑張っておいで。朝のホームルームにいるのが辛かったら、授業の始まりまでここにいて、ここから通っても良いし、あんまり辛かったら、途中で帰ってもいい。ただ、来られない自分にはまってしまったら、本当に抜け出せなくなる。それは駄目だよ。駄目なのは、……わかるよな。」

それを聞いている内に、吉原の目から再び涙が溢れてきた、それでも吉原は、泣きながらはっきりとうなずいた。そのうなずきに少しだけ力があった。これなら一人で帰せるかと、私は思った。こんな時は、理屈じゃない。感じることだ。この子は、一人で帰していい。

私は伝えた。心配だから、帰り着いたら、必ず連絡を欲しい。それがないと、心配して君を捜しまくることになる。本当は、だから君を家まで送って行きたい。でも、今の吉原を見ていたら、大丈夫かな、と僕は思う。だから、必ず連絡を欲しい。僕が、ほっとするために。

吉原は、

「はい。」

と答え、ありがとうございました、と、こっくりと頭を下げた。いつもの吉原の仕草だった。

部活動生徒の下校時間はとうに過ぎている。周囲は暗く、廊下にも窓の外にも誰の姿も見えなかった。裏門側の出口まで、二人でゆっくりと歩いた。靴に履き替えた吉原を見送りながら、私はもう一度言った。

「明日、来い、とは言わない。でも、よかったら、明後日、おいで。何なら、朝、僕に一度顔を見せに、裏門から保健室に来たっていい。大事なことは、踏み出すことだから。」

吉原はまたこっくりと頭を下げ、自転車に乗り、頼りなく路上を照らす街灯の下を抜けて、闇の中に消えていった。

結局、吉原は翌日も、その翌日も欠席した。

「どうしたらいいでしょう。」

と聞く担任に、私は、放っておきましょうと答えた。人の心は、そんなに単純に出来ていないし、我々にも、大した力はない。そうでしょ。

「時間が要るよ。慌てずにいこう。大丈夫、僕もちゃんと関わり続けるから。あなただけで背負わなくていい。」

御願いします、と、側に座る学年主任も言い添えた。四十歳ほどの女性で、彼女も何度か吉原と接しながらも、対応に行き詰まっていた。

結局、吉原との面談に何の効果も得られないでいた。しかし、私にとってはそれが決断のきっかけになったようだった。雅人とも話してみよう。やっとその勇気を持てた。

私は、雅人が置かれている家庭の状況を知らない。普通は簡単に口に出来るわけのない退学という言葉を、彼が何故そんなに軽々と差し出してしまうのか、それは、ただの引率顧問として彼の側で過ごしたに過ぎない私が、無神経に尋ねていいこととは思えなかった。教育支援などという名刺は、担任の壁を越える通行手形には使えても、それ以上の意味を、何より私自身に対して、与えてくれることはなかった。私はどうしようというのか。雅人を救う？　助けの手を差し伸べる？　今回のこの厄介な出来事から？　具体的には何も知らないでいる、多分絶望的である雅人を取り巻く状況から？　もしかしたら運命に見放されたように感じて投げやりになっている彼の深い諦めから？　そのどこからも、私は雅人を救い出せるようにも、せめてその外へと導くことが出来るようにも思えなかった。だから、私は今回の出来事の後、彼に関わることを怖れていた。教師が自分の力を過信した時の醜さを、私は最も嫌う。自らがその汚れをまとうことから、私は逃げていた。過去の経験を踏まえて、根気強く接することで吉原は救い出してやれそうに思っていた。けれども、多分もっと大きなものと向き合っているはずの雅人は、燃えさかるタワーの上層で悲鳴を上げる人のようで、そこに向かって、よし、今助けに言ってやるとは叫べない。私はどうせ二、三階を上ったところで引き返し、火傷一つ追わない私の姿を彼の前にさらして、ただ彼の人に対する絶望だけを深めることとしか出来ないように思っていた。そして、それでも私は彼を救おうとしたのだと、やれるだけのことはしたのだとうそぶく、駄目な大人にはなりたくなかった。それは善人の振りをした、この世で最も邪悪で醜い人の有り様のように感じていた。

　他人の悲しみの中に、人は簡単に踏み込んではいけないのだ。それをしていいのは、火だるまになった相手が、それでもしがみつきたいと思えるような人だけなのだ。そのような人だけが、彼を救い出せる。少なくとも私は、それほど彼の心のそばにいない。

　私の保身なのかも知れない。私は、私を嫌いになりたくなかった。出来ないことを、かっこつけてトライするだけならば、あくびよりも簡単に出来る。そして同時にそれは、あくびよりもひどく、真摯に生きる者を愚弄して傷つける。

　私は臆病だった。けれども、その臆病者である自分を、普段の私は愛していた。思い上がってはいけない、人はどうしようもなく無力なのだ。そのことを忘れられるような日々を、私は送ってはこなかった。それを忘れないでいることが、私がこれまで生きてきたことの意味であるように感じていた。私は大学を卒業した時、自分の父親と母親を見捨ててこの土地へやって来たし、子供の頃の私を誰も救うことは出来なかった。

　雅人のことには手を出さない。それが私の分別であったし、わきまえであった。私なりの、潔い生き方だった。そう思っていた。

　ただの逃避とどこが違うのか?

　偽善よりは、私は逃避を選びたかった。救えない人を、より深く踏みつけることはしたくなかった。

　それなのに。

吉原と話した後、私は、雅人と話したがっている自分の思いに気づいた。

私は子供の頃、兄弟が欲しかった。兄でも弟でも良かった。それはその人に助けてもらいたいという願いとは違った。ただ、横で一緒に泣いてくれる人が欲しかったのだと思う。そんな人に背中をさすってもらいたかった。あるいはそんな人の肩を抱いて温めてやりたかった。そうして、一人ではない自分を感じたかった。その人が、私と同じように無力であっても構わなかった。吉原が涙を流しながら、こっくりとうなずく姿を見て、私は、そのことを思い出したのかもしれなかった。

雅人と話したかった。

他人がいかに無力か、私は誰よりも、わかっているつもりでいたけれども。

一方、雅人の担任は、懸命に動いていた。

退学のきっかけがこれでは納得がいかない、何でそんなに簡単に投げ出してしまうんだ、せめて、別の学校に転校したっていいじゃないか、あんなことがあって気まずいと言うのなら、そんな道もある。辞めてしまったら、そこで終わっちゃうんだぞと、彼は随分熱を込めて雅人本人を説得し、学年主任や生徒指導課の教師や管理職に対しても、盛んに相談していた。何とかしたい。みんなで関わって、雅人を呼び戻したい。せめて、先に繋げてやりたい。彼は、あのサッカー部顧問の林教諭にまで、先生からも何とか説得して下さい、先生の言うことなら、あいつ、聞くかもしれないですからと、何度も頭を下げた。その熱意に動かされていろんな教師が面談した。それでも、雅人の意志は変わらなかった。心配してもらうのはすごくありがたいんですけれど、僕の気持ちは同じですからと、呼び出しにも応じなくなった。それでは家まで行ってもいいかと言うと、その時だけは、とても強い調子で、それは絶対にやめて下さいと言ったという。私の知らない多くの事情を知る担任は、悔しがった。

「なんか、その、あいつらしくない声を聞いたら、もう何も言えなくて。あいつ、すごく苦しいんだろうなって。何もわかってやれないですけれど。」

それを聞いて、私は思い出していた。あの、怪我をした練習試合の後、自宅まで送り届けて説明をしなくてはならないと、嫌がることを想定しながらきっぱりと告げた時も、雅人は、私の言葉より強い調子で拒否した。

「それ、絶対に駄目なんです。」

何故？

「ほんとに駄目なんです。それ。ほんとに。」

雅人は苦しそうにその言葉を繰り返した。その気配に、私もそれ以上は押さなかった。代わりに電話でと言うと、家に電話はないという。母親の携帯の番号を聞いてその晩、何度もかけてみたが、応答はなく、留守番電話に切り替わることもなかった。

私は、その、担任の必死な姿にも、背中を押されていたのかもしれない。

部内の連絡などで頻繁に使っていたLINEのアカウントは既に消されていた。携帯電話にかけると、そちらは素直に出た。

「辞めるなとか、学校に戻れとかは言わない。ただ、野坂と話したいんだ。このままお別れは、寂し過ぎるだろ。僕も、少しは話を聞いてあげたいんだ。」

正直に告げた。

「聞いてあげる、なんて、偉そうな言い方だけどさ。」

そしてもう一言、自然に出てきた。あまり教師らしくはない言葉に感じたけれども。

「お前は、良い奴だから。」

な、浦島。こいつ、良い奴だものな。私は、あの時の浦島との会話をはっきりと覚えていた。

「わかりました、行きます。」

と、雅人は静かに答えた。

私は彼を、学校には呼び出したくなかった。私の気持ちが、教師対生徒という向き合い方を嫌がったのだと思う。かといって、街のカフェもファーストフードの店も、近くに座る人間がいるのが邪魔だった。

午後に休暇を取り、雅人の家に近いという交差点で待ち合わせて、車で公立の大きな図書館まで運んだ。そこは一階のフロアの一角に広くカフェスペースが作られている。昼食時か週末でなければほとんど人がいないことを、私は知っていた。

テーブルを挟んで向かいに座る雅人は、私が知る高校生とは違って見えた。私服を着ているせいではない。髪の色が変わっているわけでもなかった。それでも、笑みの欠片も残さない雅人の表情に、せっかく向き合っているのに、私は、語りかける言葉を見つけられなかった。

席に着き、飲み物を注文して、それが届くまで、私たちは何も話さなかった。雅人は、永遠にそうしていてもいいというように、黙っていた。持て余すと、その窓際の席の、外に見える庭園に視線をそよがせて、私の言葉を待っていた。

それでも私は、言葉を見つけられなかった。いろいろと考え続けてはいたが、結局、それをあらかじめ用意してここへ持ってくることも出来ないでいた。私は、運ばれた飲み物に手を付けるでもなく、いつまでも言うべき言葉を探し続けていた。

無能な自分が恨めしかった。雅人はせっかく出てきたというのに。

呼び出しておきながら言葉を見つけられない、だらしのない私の困惑を感じたのかもしれない。自分の方が何かを言わなくてはならないと、雅人は思ったのだろう。雅人はそういう子だった。先に、言葉を出した。

「ごめんなさい。」

優しい子だ。テーブルの向こうに、私の知る、とても気の回るいつもの雅人が、座っていた。

けれども、その言葉に返す言葉も、私は見つけられなかった。

ごめんなさいと、雅人の思う謝罪の対象は、私にはいくつも思い浮かべられた。けれども、その全てが、彼が謝る必要のないものだった。

「でも、……僕、もともとどうでもいいんです、高校なんて。てか、何もかも。」

そう言って雅人は、正面から私に目を向けた。そう、この子はいつもこうして話す子だよなと、私は改めて思い出した。

だからいいです。もう何も言わなくていいです。

雅人が続けなかったそんな言葉が、私には聞こえた。

この子の周囲にある事柄たちに、私が知らないことが、きっとたくさんある。けれど、それを尋ねることは、私には許されていない。雅人にその全てを説明させるなどという暴力を振るうことなど出来るわけもない。では、そんな私に、何が言えるのだろう。

私は、心に浮かんだことを、そのまま口にした。

「サッカー部、辞めたくないよな。」

それだけが、私にはっきりと感じられることだった。間違いのない言葉なら、雅人を引き留められるのではないかと感じていたのかもしれない。私は彼を学校に連れ戻したかった。

しかし、雅人は、私の言葉をすくい取るようにして言った。でも、……。

「でも、僕がいると吉原が辛いから。」

私も、その言葉をすくい返した。お前だって辛いだろ。

言葉に詰まっていた私が、弾かれるようにそう述べた。それが何かおかしかったのだろうか、雅人はそれを見て、少し笑った。

「僕、自分が笑ってるか、相手が笑ってるか、どちらかが笑ってないとすごく不安になって、泣きたくなるんです。」

でも、僕を見たらあいつはもう笑えないし、あいつの気持ちを考えたら、僕も笑えない。

「だから、いたら駄目なんです。」

私は、……何も言ってやれない。

何を言っても、上っ面の言葉で雅人を踏みにじるように思えた。雅人は続けた。

「でも、サッカー、ほんとは辞めたくないです。」

この子の誠実に、私は応える術が見つけられない。

「サッカーしてると、嫌なこと、忘れていられるから。」

雅人の目から涙が流れて、しばらく止まらなかった。

私はそれを、ただ見つめていることしか出来なかった。


それから、二週間ほど経った。

職員室では、毎朝、全ての職員が集合して、短い打ち合わせが行われる。その日、最後に雅人の担任が手を挙げ、立ち上がって、こんな時の決まり文句を述べた。

「一年三組の野坂雅人ですが、一身上の都合により、本日付で退学することになりました。授業、部活動等、関わっていただいた先生方、御世話になりました。有り難うございました。」


吉原が登校したのは、それから更に一週間ほどしてからだった。

毎回学校に呼び出すのは傲慢に感じて、週に一度くらいの頻度で、私は彼に電話をしていた。どうして過ごしている？　夜はちゃんと寝ているか？　ご飯、食べてる？

そろそろ一度出てこないか。

途中一度だけ、学校に呼んで話した。吉原はちゃんとやって来て、三十分ほど、私の問いに答えながら家での過ごしぶりなどを話し、帰った。そろそろ出ておいでよ、という私の言葉に、吉原は例のお辞儀で、はい、と答えながら、翌日からも同じように欠席した。

それが、不意に、明日から登校します、と電話をしてきた。大丈夫なのかい、と尋ねる私に、彼は、わからないです、と答えた。でも、行きます。とも。

そして、付け加えるように言った。あの、……。

「何だい。」

放課後、少し、話しに行っていいですか。

待ってるよ、と、私は電話の向こうに私の笑顔が伝わるようにと願いを込めて、答えた。彼の言葉が、単純に、私にはとても嬉しかった。

電話があったことを担任に伝えに行った。私の方にもさっき、連絡がありましたぁ、と、彼女は学生のような明るい笑顔で喜んでいた。でも、本当にあの子、来られますかね。うん、あの調子なら、多分。祈ろうよ。はい、祈ります。かすかな不安には目をつむり、横にいた学年主任と共に笑い合いながら言葉を交わして、私は保健室に戻った。

そして、きっと三人とも、翌朝までずっと願っていた。吉原が明日、本当に来られますように。

その日の朝、ホームルームの始まる前に、吉原はからりと保健室のドアを開けた。

「おはようございます。」

いくらか緊張した雰囲気はあったが、表情は暗くはなかった。

「おはよう。」

私も、養護教諭も、その場にいた全ての教師が笑って答えた。

来たね、と私は言った。吉原は一つ深く息を吸ってから、はい、答えた。

「しんどくなったら、抜けてきていいから、休みにおいでよ。」

「はい、そうします。…放課後、また来ます。」

最後は、いつものようにこっくりとお辞儀をして去った。

結局、彼は放課後まで一度も保健室には来なかった。そして、やって来た時には、朝よりもずっと元気な顔をしていた。みんな自分に気を遣って、たくさん話しかけてくれる。その優しさに泣きそうだった。部活も、明日から行こうと思う。吉原は、嬉しそうだった。そして、

「今日はジャージ持ってきてないんです。そんなとこまで行けるとは思わなかったんで。」

と言って笑った。どうやら本当に大丈夫そうだな、と私も思った。

「ところで、……何か話したいことがあったんだよね。」

私の心はいくらか華やいで、自然に笑顔になる。

いろいろと心配してもらってすいませんでした。お礼を言わないといけないと思って。私は吉原の口から出るのは、多分、そんなことだと思っていた。けれども、

「雅人から、呼び出されて。」

いきなり、吉原はそう言った。

雅人の名前を、私は、誰にも内緒の、自分の深い傷跡として抱えていた。あの日雅人に会ったことも、雅人の担任にすら伝えないでいた。私は、教育支援担当の川口として雅人に会ったのではないのだ。けれども、あの日の自分の無力さを、この先ずっと忘れられないだろうと思っていた。

「お前、ずっと休んでるんだって。」

雅人から電話があり、着信の表示に示された名前にためらいながらもそれに出ると、雅人はいきなり焦ったようにそう言ったという。

「ごめん。俺、自分のことでいっぱいいっぱいで、全然知らんかった。なぁ、会って話したい。頼む。来て欲しい。どうしても、来て欲しい。」

二人の欠席が続く間は、友人たちは皆、学校に出てこいよ、とそんな励ましばかりを送ってきていた。しかし、吉原が休んでいることは、誰もが申し合わせたように黙っていた。それが、雅人の退学が知らされると、ストレートに尋ねてくる者が何人もいた。

「なぁ、吉原が学校来なくなったの、お前が辞めたことと何か関係あんの？」

それで初めて知った。吉原がずっと休み続けているとは、誰からも聞いていなかった。自分がいなければ、吉原は安心して学校に通えているものと思い込んでいたと、雅人はそう言った。

教師たちも、雅人にそれは伝えないでいたのだ。教えても、雅人は余計に気に病むだけだろう。自然に聞こえてしまうなら仕方がないが、こちらから、敢えて知らせることもない。

自分のせいで退学した人間に会いに行くのは、やはり少し怖い気もした。でも、それよりも電話の向こうから聞こえる雅人の声の調子を吉原は信頼した。それに、逃げているのは卑怯なことのようにも感じた。逃げて、自分を責めなくてはならない事柄を、増やしたくなかった。既に十分に苦しいんだ。これ以上はもう嫌だと思った。終わらせられることは、終わらせておきたかった。逃げたら、また一つ心の重荷が増える。そちらの方が怖かった。

わかった、と吉原は答えた。

以前の、あのマクドナルドの二階に行った。雅人は既に来ていて、やはり二つの飲み物がテーブルに載っていた。離れたところからでも、雅人は少し疲れているように見えた。

「なぁ、」

吉原が席に座るとすぐに、雅人は話し始めた。吉原の反応を確かめもせず、感情的になったところなど見たこともない雅人が、取り乱すように必死に話した。

「ずっと学校、休んでるんやって？　俺のせいで吉原が学校行けなくなるとか、そんなの、たまらん。頼むよ、学校行ってくれよ。頼むよ。……学校行ってくれよ。そんなの、駄目だよ。俺、最低じゃん。他人不幸にして。他人の人生駄目にして。そんなの、……許されないやん。」

同じ言葉を繰り返しながら、雅人は頭を下げた。

吉原は、何も言えなかった。退学して、お前の方こそ、全てを失ったんだろ。そりゃ、お前の場合は自分のせいでそうなったんだけどさ。……いろんな言葉が浮かんだが、そのうちのどれをぶつけていいのか、わからなかった。

ただ、雅人の勢いの前で呆然と黙り込む吉原を、雅人は更に必死に説き伏せようとしていた。

「頼むよ。学校行ってくれよ。他の人、不幸にするなんて、耐えられないよ。お前、馬鹿じゃん。俺みたいなホモの変態のせいで学校行けなくなるなんて、最低じゃん。そう思わん？　なぁ、頼むよ。」

俺みたいなホモの変態。その言葉が、吉原の心に突き刺さった。

そして、頼む、という度に雅人は頭を下げ続けた。しつこいくらいに、何度も。

「頼むから。頼むから、学校行ってくれ。頼む。」

繰り返す雅人の唇が、震えた。吉原は、誰かが涙をこらえて唇を震わせる姿を、実際に初めて見た。映画でもなく、ドラマでもなく、テーブルの向こうで、同級生が、そうして必死に、頼む、と繰り返していた。

もういいよ、雅人。

吉原は、そう答えたという。


退学者の、退学に至る経緯というのは、学内に記録として残される。それは閲覧制限がかかったロッカーにしまわれているが、教育支援の担当者はそのロッカーの鍵を開ける番号を知らされている。一月ほど後、私はその扉を開いた。雅人の記録が、既に綴じられていた。閲覧に制限があることから、そこには例の守秘義務で守られた内容も記されていた。ただし、そこに雅人の名前は記されていない。一月三十一日付退学者、そう記されているのみだ。年度末に求められる教育委員会への報告には、個人名は記さない。退学者何名。その数と、番号を振られた個々の事例の概要のみが記されるだけだからだ。後に対象者の名前をどうしても確認する必要があれば、教務課の記録と日付を照らし合わせれば個人名は特定出来る。けれども、今はその必要はなかった。

　父親がアルコールに溺れていること。夫婦の仲は壊れていること。仕事が立ち行かず、生活が極めて苦しいこと。学校関係の微々たる支払いすら滞っていること。弟が随分長く学校に行けなくなっていること。妹もまた、同じように行けなくなったこと。その妹が、最近包丁を持ち出すようになって、半ば強制的に精神科に入院させたこと。それに至る過程で、またその当日に、激しい修羅場が何度も演じられたこと。

　A4の報告書二枚に記された事項に目を通すのには、数分しかかからなかった。けれども、そこに記された事柄は、この家族が過ごした長い時間を表していた。そして、その日々の始まりは、雅人がまだ十歳にも至らない頃なのだった。


　嵐の夜の難破船の行く末を、私たちは知らない。そのまま海の深みに沈んで行くのだろうと、漠然と想像する。けれども、それなりにどこかの港にたどり着き、あるいはどこかの浅瀬に打ち上げられて、辛うじて命を繋ぐこともあるだろう。どちらが多いのかは私にはわからない。でも多分、音もない暗闇の中に落ちて行く者の方が多いのだろうと思っている。

　思い上がった話だ。私は、たまたま浅瀬にたどり着けたという、ただそれだけなのに。

私は、父親と母親と故郷を捨てた。アルバイトと奨学金で何とか食い繋ぎながら大学を卒業し、教員の採用試験は地元では受けず、遠く離れたこの街を選んだ。

昔、私が小学生だった頃、母親が働いていた店の名が、「らくえん」といった。そして今、私が通うこの店は「パラダイス」という。

一番最初、私がこの店の扉を開いたのは、明らかにその名に導かれたからだ。人は、記憶を消すことは出来ない。二度も私を捨て、家を出て行った母親であっても。二度と顔も見たくないと思う、その人にゆかりの名前であっても、私はそこに惹かれ近づいて行った。

そして、雅人もまた、切り捨てられないものたちを引きずっている。

雅人は、あの後、家を出た。携帯の電話も、通じなくなった。

「僕、自分のことしか考えてないんです。」

ひどい人間なんです。

ここでグラスを磨きながら、今もこの子は、表情も変えずにそう呟く。

体を売る相手の初老の男に連れられて雅人がここにやって来たのは、二年前だ。不意の再会と、自分がその一瞬でゲイばれしてしまったことに、私はひどく動揺した。けれどもそれは雅人も同じだったろう。しかも、相手の男は終始横柄な態度で、居合わせた他の客に雅人との情事の詳細を語って聞かせて喜んでいるような奴だった。私は、聞いていて胸糞が悪かった。

「雅人、やめろよ、そんなこと。」

そんなことを言う権利が私にあるはずもなかったが、耐えられず、言ってしまった。横に座る男は驚いて、文字通り、きょとんとしていた。そりゃぁそうだろう。突然見知らぬ男が二人の間に割り込んできたのだから、そして、

「雅人って、お前のこと？」

と怪訝な顔で、男はそう尋ねていた。

そうか、身を売る時の名前は、別に持っているものだよな。失敗した、と私は後悔した。けれども仕方がない。そんなことにまで気を回せないほど、私はその男の醜い光景の中に雅人がいることが溜まらなかった。ずっと気にかけていたその後の雅人、どうせ見つけるならもっと違う姿を見たかった。余計なお世話だが、雅人だって生きていくためには他に術もないのかもしれないのだが、今その言葉をぶつけなければ、今度こそ二度と顔を合わせることはなくなってしまうのかもしれない。ならば、私は今その言葉を言えずに終う後悔を残したくはなかった。雅人を傷つけるあらゆるものを、雅人の体から払いのけてやりたかった。

私と目が合ってから、雅人は雅人で私についていろんなことを悟り、心の内を整理していたのだろうか、店に入ってからずっと、男の言葉に相槌を打つくらいで、後は

ほとんど言葉を口にしていなかった。私と同じように、あの時のいろいろな場面を頭の中で追いかけているのに違いないと思った。

やめろよ、そんなこと。

私が思わず上げた言葉を耳にした後、横に座る客の男の問いかけは無視したまま、雅人は身を固めてじっとテーブルの一点を見つめていた。そしてその後、静かだがきっぱりとした口調で、

「はい。」

と答えた。

気分を害した男が帰った後、雅人は短く礼を言った。そして、こう言った。

「僕、先生が思っているよりひどい人間なんですよ。」

それからひとしきり、泣いた。

雅人が二十一歳になるはずの年。

私は、軽はずみに弁護してやることが出来なかった。

けれども、以来私はこの店の常連となり、雅人はしばらくしてこの店で働き始め、時々私たちはここで言葉を交わしている。

半券

三月二十日。僕の住む土地では、そろそろ桜の気配も出始めた頃、津軽の町はまだ吹雪いていた。五所川原を始発とする津軽鉄道の列車は、乗り込み口のドアが戸袋のある引き戸ではなく、なんとノブの付いた開き戸で、僕はまるで誰かの部屋にお邪魔する気分になって、不思議な、なんだか照れ臭いような気持ちで慣れないその戸をそっと開き、明らかにどこかの鉄道会社のお下がりだと思われる、それにしても相当年季の入ったその車両に乗り込んだ。後にも、ちらり、ほらりと乗客はやって来たが、それでも出発までに集まったのは、僕を含めて六、七人というところだった。列車は一両編成だったか、二両だったか、記憶が薄い。多分、二両あったように思う。僕が乗った車内には、ガイドブックにあったように、雪だるまの胴体だけをそこに置いたようなストーブが客席と並んでぽこんと置かれてあって、乗客たちはみな、吸い寄せられるようにその周りに集まり、手をかざして暖を取っていた。でも、僕は、見知らぬ人たちの輪に加わるのが恥ずかしく、一人離れた座席で窓の外を見ていた。

出発の時刻を知らせたのは、スピーカーから聞こえるベルだったか駅員の笛だったか、どちらだったろう。ろくすっぽ出発のアナウンスもなかったのは覚えている。ドアはもちろん、自動で閉まるようなものではなく、誰かが安全のために掛けがねを掛けた気配もなかった。となると、ただ普通に簡単にかちゃりと閉じただけのはずで、誰もそれ以上の施錠が要るなんて思っていないんだろうか、そんなので、大丈夫なんだろうかと、僕は、心の中で勝手にそんな心配をしていた。

唐突な発車の合図の後、しばらく間があり、やがて、ドシンと、後ろから何かが衝突したような振動が車体に伝わった。そして、数秒してまた同じ振動が起こった。その度に列車は、窓ガラスごと、まるで砲撃に耐えるように激しく揺れた。でも、一向に動き出さない。それでも、ドシン……ドシン……ドシン……ドシン……。繰り返す衝撃の間合いは次第に短くなり、そのうちにやっと列車はまともに動き出した。

僕は、座席で小さく噴き出し、笑っていた。これ、動き出す前に毎回あれをやってるのか？　そのうちに壊れちゃうぞ。物凄い電車だな。でも、……そうか。開き戸だもんな。違う時代の物なんだ。これ、いつの時代の列車なんだろう。昭和の初期？　もしかしたら、もっと前の物なのかもな。そんな予想が、僕にはとても楽しかった。

窓の外の景色はただただ白く、平原のように広がる雪の中から、駄菓子の棒付き飴の棒が半分折れてしまったように、短いポールとその先に丸い何か表示が記されたものが何本も突き出ていた。雪に埋もれて隠されている部分があまりにも長く、そんな雪の深さはまったく僕の経験の中にはなかったので、初めは何か奇妙なものが突き出ているようにしか見えなかったのだが、やがて気づいた。それは道路の標識なのだった。僕は改めて、自分がどこか別世界にいるように感じた。道路標識が半分埋もれるほどの雪。ここは、雪国なんだ。僕は本当に、津軽までやって来たんだと思った。

当時は、夜行列車というものがあった。その列車に乗っていると、夜を跨いで朝には別の場所に連れて行ってもらえた。たどり着いた場所からはまた別の夜行列車が出ていて、また夜を通して僕を乗せ、別の場所に連れて行ってくれる。狭苦しい、背もたれの角度が直角の座席で一晩を過ごし続ける体力があれば、そんなことを繰り返すうちに日本の端から端まで行くことが出来た。もっとも、二十歳の僕でも、四泊が限界だった。五日目には体が音を上げて、宿を取り、温泉に浸かり、布団にくるまって寝た。そして翌日からまた幾日か、その直角椅子で夜を越し、旅を続けた。

夜に出て、朝に着き、昼間はその街をふらふらと歩き回った。列車の出発時刻はだいたい夜遅く、歩き疲れた僕は夕方には駅の待合室に入り、列車の入線時刻までそこで眠った。

大垣から東京まで八時間、上野から青森まで十三時間。当時はまだ青函トンネルはなく、連絡船で青森の港から函館港まで四時間。連絡船は最終だけが二四時と二四時半の三十分間隔で二便出た。到着するのはまだ夜も明けず空も白まない時間だが、函館港の横にある市場は、もうその時間には動き出していた。

東京までで一泊、青森までに一泊、連絡船で一泊。そうしてたどり着いた函館では、ずっとスニーカーを雪に埋もれさせながら歩いた。旅先では、極力バスには乗らないと決めていた。生涯に二度と来ないかもしれない街を、歩いて記憶に刻みたかった。若い僕には、金はなかったが、時間と体力はたっぷりとあった。ない金は、八月と二月にバイトを入れ、七割ほどは生活費に回し、残った金で九月と三月に、こんな旅に出た。当時は、そんな旅をする者のためにあるみたいに、周遊券というものがあった。ある一定の地域は十日間ほど乗り放題。特急電車には乗れないが、急行には乗れる。そして、東北全域周遊券には、サービスとして利用対象地域に函館が含まれている。大学生にとっては夢のような、そんな旅の手助けがあったのだ。

だから僕はこの時、まず函館を目指した。チケットが許す行動範囲の北の端まで進み、そこから順に南へ戻って行く、そんな旅を計画した。

初めて渡る北海道だった。この年の冬は、全国的に寒さが厳しく、函館もまだ真冬の様相だった。ならば、その雪を感じて歩こうと思った。行く場所は決めていた。一時期この函館で暮らした石川啄木一族の墓が立待岬にある。彼の死後に友人たちが建てた墓で、墓碑には『一握の砂』所収の、あの、「東海の小島の磯の白砂に」の一首が刻まれているという。そこに行き、手を合わせて岬からの眺望を見たら、あとは適当にぶらぶらして帰ろうと思っていた。

岬までの距離は、函館駅から五キロほど。大した距離ではないと思って歩き出したが、北国の気まぐれな天候は、僕が経験したことのないもので、それだけの道のりを進むのも、なかなか過酷な体験だった。青空と雪が交互にやって来る。その雪も、半端な降り方じゃない。突然まともな吹雪になる。やっと止んだと思って喜んでも、しばらくするとまた猛烈に降り始める。その繰り返しだった。もとより足元には踝くらいまで雪がある。街中の道は、それがいくらか溶けてはいるが、代わりにシャーベット状になって靴にしみ込んだ。それにいったん降り始めると風と共に雪片が容赦なく顔に吹き付けるから、まともに顔を上げて歩くことも出来ない。足元ばかり見て歩くうちに、自分がどれほど進んだか見当がつかなくなった。晴れた日なら、費やした時間の量でだいたいの距離が読める。でも、この時はまったくわからなかった。今のように携帯のナビも無い。地図だけが頼りなのに、苦労して歩くうちに何本の交差点を過ぎてきたかもわからなくなっていた。おまけにそんな天気で、誰かに尋ねようにも、賑やかな一帯を離れると通りを歩いている人がまったく見つからない。自分はいったいどこにいるのだろうと途方に暮れていた。絶望的な気分できょろきょろと周りを見回していると、やっと一人、向こうから白い息を吐きつつ歩いてくる女性の姿があった。ああ、これで訊ける。助かった。僕は、慌てて近寄って行って声をかけた。物凄く嬉しくて、その気持ちは僕の顔面に、とても素直に表れていたろうと思う。でも、

「あの、…」と話しかけた僕の服は、四日分の汚れをまとい、靴はぐしょぐしょで、もしかしたら、風呂にも入らない体は少し臭うのかもしれなかった。

「あの、立待岬まで行きたいんですが、この方向でいいんでしょうか。」

呼びかけに立ち止まってくれた女性は、子供が二人くらいいるお母さん、年齢はそのくらいに見えた。彼女は僕の言葉に一瞬きょとんとした後に、答えてくれた。

「ああ、はい、ここをまっすぐ行って……。」

言いかけて女性は僕が手にしていた地図に目をやり、それを覗き込むようにした。僕は彼女の見やすいようにそれを差し出して、逆に自分が横からそれを覗き込むようにした。臭くないかな、と、もう一度気にした。

「今、ここなんですね、だから、ここを真っ直ぐ行って、……。」

僕は彼女の細い指先が示す地点と、眼前に見える風景とを交互に見返しながら、行く先を追った。初めに思い描いていたルートを、ちゃんとたどれているようだった。

「ありがとうございました。」

出来るだけしっかり頭を下げて、先へ進もうとした。すると、

「歩くんですかぁ。ここからまだ、だいぶありますよ。」

と、彼女は本当に心配そうに声をかけてくれた。無鉄砲な大学生の旅人には、みんなまるで身内の者のように優しくしてくれる。いろんなところを歩いて、僕は何度も

そんな経験を拾った。どの土地を歩いても、それは、ぽつん、ぽつんと、落ちていた。

「ありがとうございます。でも、大丈夫ですから。」

僕は笑って、もう一度お辞儀をした。今の丁寧な地図の指し示し方で、彼女も無謀な学生が好きなのがわかった。それもまた嬉しかった。

彼女が眉を曇らせたように、確かに雪の中を進むには結構な距離があった。それでも、やっと岬の近くにまでたどり着いて、「立待岬への道はこちら」という案内板を見つけた。ところが、そこから先の道はずっと上り坂で、しかも、そんな時期、そんな天候の時に人がやって来るわけもないから、降った分だけ堆積した雪が道を覆っていた。距離は大したことはないはずなのに、その姿は、とても岬までたどり着けるようには思えなかった。若くなければ諦めていた。でも、二十歳の僕はそこからも進んだ。どう考えても、スニーカーで進める道ではなかったけれど、少し大げさに八甲田山での軍隊の遭難を描いた映画を思い出しながら、息を切らしつつ長くなかなか先に進めない道を上った。結局、駅から岬まで三時間以上かかり、そのうち、最後の、岬を示す案内板から岬の突端までの道程に九十分近くを費やした。案内板を見て、ああ、やっとここまでたどり着いたと喜んだ一瞬の安堵なんかは、思い切り裏切られていた。

そして、たどり着いたその場所には、岬の名を記した石碑以外に何もなく、当然誰もいなかった。ただ切り立った崖と、広がる海だけがあった。でも、それでよかった。

この場所まで、こんな状況の中を歩き続けた果てにその風景を見ることは、生涯に、絶対に二度とない。その感傷が、僕をここまで導いた。寒くて泥だらけで、靴の中はぐじゅぐじゅで、足指の先がかじかんでいても、引き返そうとも、諦めようとも思わなかった。人生の長さなんて、その正体はまったく想像も出来ないでいた二十歳の僕だったけれど、自分は多分、生涯で二度と、こんな風にしてここを歩かない。ただそのことが楽しかった。

冬の海は、荒涼として、強かった。

三十数年前のその時の実感を、私は今もはっきりとこの胸に思い出すことが出来る。その海を見ながら、僕は、そこが自殺の名所でもあるということを思っていた。同時に、前の晩に海峡を渡ったあの連絡船から、冷たい海に身を投げる者が後を絶たなかったのだという話も思い出していた。前の晩、海峡を渡る船の中で、寝付けない僕は、客室から出て、身を切る風を感じながら、この真っ暗で底深い海に身を落とす時、月がなければ自分の手さえも見えない闇の中で、冷たい水の中、沈んで行く人の心はどんなだろうかと思っていた。人づきあいが苦手で、自分に友と呼べる人間などいるのだろうかと悲しんでいる青年には、死の想像は、最も心を捕らえるものだった。身を投げ沈んでいった名も知らぬ者たちを、自分の隣に座る者のように感じていた。過去に死んでいった者たちも、互いに面識は無くとも、その悲しみにおいて互いが心繋がる者同士であるように感じていただろう。そんなことを思った。きっと、そんなことを考える青年だからこそ、この雪道を、他人《ひと》が聞いたら驚くような距離を、他人が聞いたら驚くような場所まで進んで行くような熱を、持っていたのだろう。寂しくない人間は、そんな馬鹿馬鹿しいことを、意地を張ったように追い求めたりはしないのだ。

岬への道程に、気にしていた啄木の墓碑も見つけた。大きな墓の中央に、弱々しく書きなぐったような筆遣いで、例の蟹と戯れる歌が一首、彫り付けられていた。啄木の自筆を写したもののようだった。でも、刻まれた彼の代表作であるその歌を、僕はあまり感心していなかった。あまりにもあざとく、型にはまっていて好きになれなかった。だから、僕はその歌碑を見つめながらも、別の歌を思い浮かべていた。

函館の青柳町こそかなしけれ友の恋歌矢ぐるまの花

啄木の友人たちが共同してこの碑を建てたのだということが、この歌を思わせたのだろう。寂しい僕は、孤独に惹かれ、でも、その正反対にあるものに憧れていた。そういう青年は、作り物めいたもの、偽りを感じさせるものを嫌うのだった。だから、小島、白砂と並びたてる歌は嫌いだったが、そういう嘘の感じられないこの歌は好んだし、こんな歌も好きだった。

　いのちなき砂のかなしさよさらさらと握れば指のあひだより落つ

　啄木が函館で暮らしたのは、二十一歳の時。私もその年にその年齢になるのだった。誰もいない、こぢんまりとした空間でしばらく墓碑と対面した後、僕は来た道を引き返し始めた。苦労したけれど、目的を達した自分に満足していた。

　幼かったなぁと、その時の自分を今、思い返す。二十歳の学生なんて、まだまだ子供だった。でも、そんな無邪気な自分を、年を取った私は愛しく思い返す。

　歌集『一握の砂』の冒頭で詠われる小島の磯とは、函館の青柳町にある浜辺を指す。ほんの少し遠回りをすればそこへも行けたが、青空の回復しなくなった重い曇天と吹き付ける風、さすがに効いた往復六時間ほどの雪道は、もうその気力を僕に残していなかった。まぁ、こんな天候の日では、行ったところで、身を切る風の中、広がる灰色の海を前に立ち尽くすだけで、歌集にうたわれた哀切は味わえなかろうとも思った。それでも、車中泊を三度、その日は特に夜明け前の到着でへばり切っていた疲労がなければ、僕はそこへも足を延ばしていたろうと思う。せっかくここまで来たのだから行けばよかったと、僕は翌日には後悔していた。二度とその機会はないかもしれないのにと。そして実際、その後今に至るまで、私がその浜を訪れることはなかった。

駅に戻ると、近辺の土産物屋を見て歩いた。ただ眺めて歩くだけで、何も買わなかった。旅の間の僕は、どこへ行ってもそうだった。旅は僕のためだけにあり、僕の中で完結するものだった。だから、旅から帰って土産物を配って回る習慣は僕にはなかった。記念の品も要らなかった。物を残せば回想はやがてそこを起点にし始め、その分、自分の記憶が薄らいでしまうような気がした。すべては僕の頭の中にある。もし時間と共に消えてゆくものがあれば、それでいい。消したくなかったら、ずっと思い返し続けたらいい。そんな、ちょっと詩人気取りの哲学が、僕の中にはあった。今も、それは変わらない。

数軒の土産物屋を、へぇ、こんなものがあるんだと、いちいち感心しながらふらふらと歩き、手持ち無沙汰な時間に口を紛らすために、裂きイカを一袋だけ買った。

駅に戻ると夕方で、日も暮れかけていた。連絡船はその時間にも出ているが、それに乗って青森に渡ったところで、翌朝まで過ごす場所がない。来た時と同じように、日付を跨ぐ時間に海峡を渡ってくれる最終便を待つのが一番良いのだった。

僕は待合室に向かった。そこは暖房が効いている。とはいえ、出入り口は人が出入りするたびに冷気の塊を呼び込むし、扉が閉じていてもそこら中に隙間があって、とても暖かい場所とは言えなかった。外よりはずっとまし、そんな感じだ。日が落ちて街が夜に飲まれてゆくと、駅にも港にもぐっと人影が見えなくなった。僕はいつものように、がら空きになった待合室の、四つ繋がって一列をなしている椅子をベッドとして身を横たえ、背負っていたナップサックを枕にして眠った。一つ一つの椅子にはそれぞれにお尻の形のでこぼこが付いていて、今考えると、よくそんな所で眠れたものだと思うのだが、その時は、なんだか痛くって寝心地が悪いなぁというくらいにしか思わなかった。若さというのは、本当に偉大なものだ。飛び越えられないいろんなものを、ひょいひょいと、軽々と飛び越えてしまえる。そうだな、一日でいいから、あの頃に戻れたらなと、この年になる者は、きっと誰も考えないではいられないだろう。それぞれの人が記憶に持つ、やけに鮮明ないろいろな場面を思い起こしながら。

来た時と同じように真夜中に栈橋を渡り、船に乗った。乗客は誰も言葉少なで、皆、乗り込むとすぐに思い思いの体勢で眠りの底を目指して行った。僕もそれを真似て、一刻も早く眠りに落ちようとした。それはとても簡単なことだった。四日目の車中泊(内二泊は船だが)で、さすがに力を使い果たしていた。

吸い込まれるようにして意識を失う中で、僕はその日訪れた岬で見た光景を思い起こしていた。啄木の墓、和歌、断崖、海。そして、自分が乗るこの船から身を投げた人たちを思い起こしたこと。そんなことを追いかけるうちに、僕の心は、夜の暗闇に同化していった。

中学生の頃から本を読み始め、高校に入るとのめり込んだ。
中学でも高校でも、入学するとみんな当たり前のようにあちこちの部を見学し、何がしかの部活動に入った。僕の時代は、どこにも入らずに帰宅部なんて、それだけで変な奴だという目で見られた。だから僕もどこかに入らなくてはならないと思うのだけれど、運動部は、僕はその封建的な雰囲気が嫌いで、とても入る気になれなかった。ただ偉ぶるだけの上級生にへいこらするようなことは耐え難い。それで結局、そういう拘束がなさそうな、新聞部という、行事の度にそのレポートを発行する、生徒会の下請けのような部に入った。けれども、僕はどうにも融通が利かないというか、空気が読めないと言うか、上級生の言うことがおかしいと思うと、何も気にせずそれを言葉にしてぶつけてしまう。僕は自分の意見に自信はあったけれど、話し合って自分が間違っていたと思えばちゃんと引き下がるつもりでいた。でも、相手は、下級生が偉そうに逆らったとしか思わなかった。だから、そもそも話し合いにならない。それでよく喧嘩をし、顧問からも、お前、下級生の間は相手を立てろなどと宥められ、けれどそこで下がったら正義が負けてしまうような気がして、結局、辞めてしまった。そんな経験があるから、高校では二度と部活などやるまいと心に決めた。そして、その代わりに強烈に読書にのめり込んだ。他人とうまく付き合えない自分が嫌いだった。一人っ子
鬱屈していた、ということになるのかもしれない。家庭は両親が不仲で、

の僕は、共に慰め合う同士もいなかった。家に帰るのが嫌で、公園やカフェや図書館でひたすら本を読んで過ごした。読み始めると時間はあっという間に過ぎ、時計を見てびっくりするようなこともよくあった。僕は別に、教室で孤立しているというわけでもなかった。友人はいたし、週末に約束をして数人で出かけることもあったし、二人で誘い合わせて映画を見、帰りに相手の家に寄るということもあった。僕は相変わらず頑固だったけれども、自分が間違っていたと思ったら、必ず折れたし、謝罪もした。その潔さを褒めてくれる友人も何人かいた。それでも、僕は寂しかった。親友ってなんだろう、友達ってなんだろう、そんなことをよく考えた。夜、寝床の中で、僕はあいつにとって何番目の友人なんだろうと真剣に指折り数えてみるような奴だった。でも、自分が寂しがっていることは、他人に見透かされてはいけないと思っていた。暗い奴だなんて思われたら最低だ。ただでさえ部活もしないでいる自分は、せめて六時間目の授業が終わるまでは教室の中で明るくしていなくてはならないと、逃げ続けているスパイのような必死さで生きていたように思う。

　そんな当時の同級生の二、三人とは、今もたまに会って一緒に酒を飲んだりする。年に一度か二度、そんなものだが。私は愚かな人間なんだろうか。そうして気心の知れた相手とあれこれ話し、確かに楽しい時間を過ごしながら、相変わらず、別れた後、あいつらは自分にとって、友達、っていうのかなぁ、やっぱり。友達って、何だろうなと自問したりしている。多分きっと、愚かな人間なのだろうと思う。

青森港着は、同じように夜明け前。僕は同じように待合室に向かい、同じようにそこで身を横たえた。あたりが騒がしくなったので、一度目を覚まし、椅子の上に体を起こして、今度は座ったまま寝た。疲れ切っていて、いくらでも寝たかった。再び目を覚まして時計を見た。十時過ぎを指していた。波に揺られて浅い眠りでも、連絡船で四時間、この待合室で六時間ほど。取り敢えずは計十時間の睡眠が取れたことになる。もう動き出してもいいなと思った。頭はぼうっとしていたが、動き出せばそのうち冴えてくるだろう。まずコンパクトサイズの「全国時刻表」を取り出して、電車の時間を確認した。当時の長旅には、この本が必需品だった。B6くらいのサイズだったろうか、コンパクトとは言っても、厚さは三センチほどあった。そこに日本中の全ての電車の発着時刻が記されていた。

目的の場所は、津軽半島。まずは五所川原へ。そこから津軽鉄道に乗り換えて、金木という町まで行く。そこが、太宰治の故郷なのだった。

僕の孤独に寄り添ってくれた二人に近づいてみたい。それが、その旅の目的でもあった。

五十七歳の春、直腸に癌が見つかった。

異常を感じて受けた大腸の内視鏡検査。終了すると、しばらく外の待合室で待っていて欲しいと言われ、十五分もすると診察室に呼ばれた。検査したのとは違う医師が待っていた。対面して座ると、目の前のモニターに、私の腸内の画像が映し出されていた。

「これが今検査した腸内の画像なんですが、肛門を入ってすぐのところに、このように大きなポリープが見つかりました。」

見ると、明らかに出血している大きな卵型のふくらみが、素人の目にもはっきりと確認出来た。

「だいぶ大きくなっていますので、ステージは3のaかbというところだと思います。」

はぁ、そうですか。

私には他に口に出来る言葉がなかった。最終ステージは4なんだよな、じゃぁ、その手前か、と思った。

しかし、不思議なくらい、私の心は落ち着いていた。検査を受ける前は楽観が九割がた。それでも、もしもの可能性は、形だけ心の隅に置いていた。そのもしもが現実として告げられれば、多少は動転しそうなものだが、それもなかった。自分が意識するよりもずっと、私の心は静かに覚悟の気持ちも準備していたのかもしれない。先月までは元気に出勤していた人が突然休職し、半年もしないうちに亡くなったなどということは、人の多い職場に三十数年も勤めていると何度か経験していた。特に、私が最もお世話になった上司も、そのように、あっという間に亡くなってしまっていた。

その時、は、突然にやって来るものだ。そんな覚悟は、五十代も後半になると、自然に蓄えられているものなのかもしれない。

医師は、淡々と、次にお越しいただく時には、執刀する予定の医師と、今後の具体的な治療の進め方や手術に向けた話などしていただきます、と告げた。そして、その時は必ず奥さんも同席して下さい、とも言い添えた。

医師が退席した後、看護師と相談して次の来院日を決めた。妻の予定は勝手に予想を付けた。職場にいる妻に電話で出来る話ではなかった。

去り際に、看護師が言った。

「とてもしっかりしてらっしゃるのでびっくりしました。お強い方なんですね。」

強くなんかは、ないつもりなのだけれど。

取り乱す人も、いるのだな。そう思った。

その後、抗がん剤治療を四か月。そして手術。病巣は難しい場所にあるので、所要時間は八時間の予定。けれども実際には十一時間を要し、麻酔から意識が戻ると、私はＩＣＵにいた。二日後に病室に戻ったが、四十度近い発熱が下がらない。原因がわからず、解熱剤を投与し続けながら、新たに尻の少し上に穴を開け、管を通し、あれこれ検査を受け、結果、発熱は縫合不全によるものと判明したのが三十日後。急遽、三日後に人工肛門造設の手術を行った。そうして下腹部への便の流れを止めてしまえば、術部の開放口は自然と閉じていくのだという。それより、その場所をもう一度縫い直せば、と尋ねると、同じ場所を二度縫うことは出来ないのだと言われた。何故、とは思ったが、訊かなかった。知ったところで、何も変わらない。黙って身を任せる潔さを、私は選んだ。

いや、ただ単に、諦めていたのかもしれない。癌細胞の発生を、私の体が止められなかったように。別の現実は、あり得ないんだと。

入院は六十日に及んだが、何とか退院した。医師は口にしなかったが、私はネットで調べた。五年後の生存率は、六六パーセントということだった。

八か月後、肺に転移が見つけられた。

直腸の手術よりはずっと容易で、危険性も少ないとは言われたが、転移の事実は重かった。

以来、私は、いつ死ぬのか、どのようにして死んでいくのかを、常に考えるようになった。体中から管を出し、最後には首元からも挿入した状態で、車椅子に乗って廊下を進む患者を、入院中に何度も見ていた。私も、ＩＣＵから戻った時には、腹部から二本、尿道から一本の管が体内から伸びており、左手には常に点滴が施されていた。そこに発熱の原因を調べるためにもう一本。あの時、私は何かの実験台にでもなっているような気持ちになっていた。医師は当たり前のように、

「原因を調べるために、もう一本、体に管を入れて調べてみますね。」

と言った。

嫌です、やめてください、とは言えなかったし、言えば、医師はきっと、

「やめてどうするんです？」

と、ただ冷静に私に告げるのだろう。病院では、進み始めた治療の過程は、本当に滑り台のようになめらかに進んで行く。人工肛門造設の手術も、二日前に突然、

「明後日の朝イチですることにしました。」

と告げられた。

首から管を出してまで生きたくはないんです、と、その必要を医師に告げられた時、私にはそれを拒絶する権利は与えられるのだろうか。もうこのまま死なせて下さい、と言えば、医師はその手を止めてくれるのだろうか。

私は、いつまで生きるのか。どのように死を迎えていくのか。

取り敢えず、死後に妻に託すべきことを、思いつくたびに記していくノートを作った。それから、もう随分取り出したことも無いゴルフセット、本棚に並ぶ古びた書籍、

若い頃に鳴らしていた、今はもうネックが反って正しい音を出せないギターなどを買取ショップで売ったり、ごみの指定日に出したり。妻は、私に関わる物を自分では捨てられないだろうから、出来るだけ、少しずつ、減らしておいてやりたかった。働けなくなった私は常に家におり、妻が仕事から帰るまで、毎日、時間は十分にあった。

そうするうちに、クローゼットの奥に、あるいは机の引き出しの隅にしまっておいた、長いこと見ることもなかった写真や手紙を入れた箱も、久しぶりに蓋を開けた。中に、旅先で訪れた場所のパンフレットがいくつか入っていた。どうしても残しておきたいと思ったものが、いくつかあったのだ。しかし、これももう捨てよう。妻と関わる物だけ、残しておいてやったらいい。私は大胆に整理を始めた。

あの時の、青函連絡船の乗船券の、半券が出てきた。

こんなもの、取っておいたんだ。

――自分は多分、生涯で二度と、こんな風にしてここを歩かない。だから、歩きたい。――

うん。楽しかった。

取り敢えず、その半券は残した。

あの時の、岬と墓碑と、次に向かった津軽のこと。それ、妻に話したことはあったっけ。

そんなことを思って。

あとがき

孤独だった子供の頃、僕の心を救ってくれたのは本だった。

昔、中学校では、どこも「夏休み一人一研究」という宿題を生徒たちに課していた。それで各々が、近所の国道の交通量調査だの、メダカの飼育日記だの、割りばしで作った五重塔だの、なにがしかの成果を休み明けに提出した。そして、先生たちがそれに評価を与え、優秀作品については、本人による説明発表会が全校生徒の前で行われたりした。

十四歳、中学二年生の夏、僕は生まれて初めて書いた短編小説を提出した。原稿用紙五十枚で、ところどころに挟まれる挿絵まで自分で描いて。本人としてはなかなかの達成感があった。結果は、「努力賞」。これは、まともに仕上げて提出した者には、全員に与えられていた。努力だけは認めてもらえたか、なんて生意気な皮肉めいた言葉を心に呟きながら、実際は、ただただ、自分の手で一つの物語を生み出せたという実感が心地よくてならなかった。もう五十年近く前のことだけれど、よく覚えている。

以来、作家になり本を出すという夢は、大学を出、働き始めて日々の多忙に追われる中にも、心の隅っこに静かにくすぶっていた。

今回、文芸社さんからお話を頂き、初めはニンマリほくそ笑みを浮かべたものの、自分の拙い作品などにそんな価値があるだろうかと、随分迷った。けれども、えーい、自分の生きた証だと、お誘いに乗ることにした。

実は、私は末期癌患者である。今はまだ普通に立ち歩き普通に生活しているが、体の中の実情は、来週にもどうにかなってしまってもおかしくないという状況にある。八か月前には一度、体内での出血がかさみ、「余命一、二週間」と宣告を受けた。それが、奇跡的に危機を脱し検査の数値も改善が続いて、ここまで長らえてきた。とはいえ、その奇跡を維持してきてくれた薬も使用限界は半年と当初から言われており、その予告通り、二か月前で打ち切られた。勢い、回復していた数値は一気に危険域にまで戻りつつある。

——生きた証に。

しかし、誰もその名を聞いたことも無い作家の本が、どれほどの数の方々の手に取っていただけるか。その方は、この本を読んで、ああ時間の無駄だったと溜息をつかれやしないか。それでさて踏み出す価値があるのだろうかと、最後まで心が揺らいだ。けれども一方で、ほんの少しでも自分の文章を読んでいただける、この国のどこかに住むまったく見ず知らずの誰かがいていただけるならば、たとえその数は少なくとも、十四歳の私は素直に飛び上がって喜ぶのだと思った。更にもし、自分の書いたものが誰かの心にほんの少しでも癒しを与えることが出来たならば、どんなに嬉しいことか。そう思うと、詰まらぬ危惧は捨てようと思えた。

筆名は、木塩鴨人。これは数年前に小説を書き始めた時からずっと使っている、妻の旧姓の氏名を読み込んだものだ。妻はかつて、「岡本」さんだった。「きしおかもと」。私と結婚して、妻の名前はこの世から消えてしまった。ならば、自分の名前がもし世に出ることがあるのならば、その時は、長い間共にいてくれた彼女への感謝として、その名をこの世に残してあげたい。そんな思いで付けた。

この本を送り出すために、ずっと私を支えて下さった文芸社編集企画部の今井周氏、編集担当の竹内明子氏には、心から感謝を申し述べたい。正直なところ、私はこの本の完成を見ることは出来ないかもしれないと医師は言う。そのような状況の中、両氏はとても丁寧に私に寄り添い続けて下さった。本当に有り難かった。

そして今、この本を手にしていただけている貴方。ありがとうございます。

出来ることならば、この三つの物語が、嘆息ではなく、いくらかの温もりを貴方に与えられていることを願います。

二〇二四年秋の某日　　木塩鴨人

著者プロフィール
木塩 鴨人（きしお かもと）
岐阜県各務原市出身。
滋賀県高島市在住。

月がある

2025年４月15日　初版第１刷発行

著　者　木塩 鴨人
発行者　瓜谷 綱延
発行所　株式会社文芸社
〒160-0022　東京都新宿区新宿1－10－1
電話　03-5369-3060（代表）
03-5369-2299（販売）

印刷所　株式会社暁印刷

ISBN978-4-286-26442-4